DIALANN
SÁR-RÚNDA
Amy Ní Chonchúir

Siobhán Parkinson

Cois Life Teoranta
Baile Átha Cliath

Saothair eile leis an údar:

Blue Like Friday *(Puffin 2007)*

Something Invisible *(Puffin 2006)*

The Love Bean *(O'Brien Press 2002)*

Breaking the Wishbone *(O'Brien Press 1999)*

Sisters - No Way! *(O'Brien Press 1996)*

Tá Cois Life buíoch de Bhord na Leabhar Gaeilge agus den
Chomhairle Ealaíon as a gcúnamh.
An chéad chló 2008 © Siobhán Parkinson
ISBN 978-1-901176-78-0
Clúdach agus dearadh: Alan Keogh
www.coislife.ie

Éirigh As!

Imigh Leat!

Gabh mo leithscéal!

Cad atá ar siúl agat?

Cad ina thaobh, go díreach, go bhfuil tú ag
léamh an chomhaid rúnda seo?

Do Nuala agus Olivia

Dé Luain 1 Eanáir

Thug Marietta an leabhar nótaí seo dom, mar bhronntanas Nollag. Bíonn sé de nós ag Marietta bronntanais shamhlaíocha a thabhairt do dhaoine. Toisc Marietta a bheith iontach <u>neamhchoitianta</u> inti féin.

Deir Lucy gur Mistéir Mhór í Marietta, ach sin í an saghas í Lucy. Is maith léi an saol a bheith cosúil le húrscéal bleachtaireachta. Nuair a bhíomar níos óige, bhíodh sí i gcónaí ag scríobh nótaí beaga le dúch dofheicthe agus ag úsáid tóirsí chun teachtaireachtaí (tá an focal sin FADA) i gcód Morse a chur thar bhalla an ghairdín istoíche.

Pé scéal é, sin é an fáth a bhfuil mé i mbun na dialainne seo. Toisc go bhfuil leabhar nótaí **galánta** agam – ní toisc go bhfuil saol iontach agam agus é saghas <u>de dhualgas</u> orm scríobh faoi.

Níl sé chomh dona sin mar shaol ach oiread – ach amháin an scoil, rud atá iontach leadránach, mar is eol do chách. Gnáthshaol é, saol millteanach coitianta, gan rud ar bith iontach ann.

Níl mé ag gearán faoi, áfach. Tá dialann Anne Frank léite agam, agus tá a fhios agam go bhfuil saol deas, slán sábháilte agamsa. Tá mé lánbhuíoch as an méid sin.

Ach dála an scéil is rud measartha leadránach saol slán sábháilte a bheith agat. Nuair a bheidh mise fásta, tá sé de rún agam saol **iontach suimiúil** a bheith agam, agus eachtraí móra a bheith ann.

Déarfadh Lucy go mbeadh sé níos fearr fanacht go dtí go mbeidh an saol iontach suimiúil á chaitheamh agam, chun dialann a scríobh. Ach b'fhéidir go mbeadh an leabhar nótaí caillte agam faoin am sin, agus nár mhór an cur amú sin?

Fáth eile go bhfuil sé níos fearr an dialann seo a scríobh anois agus gan fanacht go dtí go mbeidh mé fásta agus saol suimiúil agam: b'fhéidir nach mbeadh an t-am agam chun dialann a scríobh agus saol breá suimiúil á chaitheamh agam.

Aililiú, tá sé in am *pumpkin!* Aidhe, aidhe, aidhe!
Déan deifir!

Dé Máirt 2 Eanáir

Bhí orm scrábáil go tapa aréir chun an giota a bhaineann leis an lá inné a chríochnú, sular éirigh Big Ben as a bheith ag bualadh amach an mheán oíche. Athraíonn an dáta ar meán oíche, agus bheadh sé millteanach ar fad an dáta mícheart a bheith ar an gcéad ghiota dialainne agam.

Sasanach í Marietta. Ní hé sin an fáth go bhfuil sí chomh mistéireach sin. Ach sin é an fáth a mbíonn sí i gcónaí ag éisteacht leis an BBC, mar a mbíonn Big Ben.

Bíonn an raidió ar siúl aici i rith na hoíche. Bíonn sé ard go leor, toisc ise a bheith 'a trifle deaf', mar a deir sí féin, agus í ag ligean uirthi go bhfuil sí ag caint go **hiontach galánta.**

Deir mo mháthair go bhfuil sí ar leathchluas agus nach dtig léi cloisteáil leis an leathchluas eile. Deir m'athair gur bodhaire Uí Laoghaire atá ann, agus go bhfuil sí lánábalta cloisteáil nuair is maith léi é.

Más fíor sin, is dócha nach bhfuil mórán measa aici ar an méid a bhíonn ar raidió an BBC istoíche, má tá uirthi é a chur ar siúl chomh hard sin.

Dé Céadaoin 3 Eanáir

Chuir mé mo phéire *jeans* nua Nollag orm inniu. Chuaigh mé ar na *sales,* agus cheannaigh mé banda gruaige nua.

Nach rud millteanach leadránach é sin a scríobh i do dhialann? Cé gur rud deas go leor é a dhéanamh i ndáiríre. Ba mhaith liom rud níos suimiúla a bheith agam le scríobh isteach, ach nuair nach mbíonn ach gnáthshaol agat, agus nuair atá do chara is deise

4

imithe ag **SCIÁIL** bíonn sé deacair go leor bheith ag smaoineamh ar rudaí suimiúla le scríobh isteach i do dhialann. Murar tú Anne Frank – rud nach mbeadh deas ná cóir, ar ndóigh.

Dá mba rud é gur cheannaigh tú cóta *mink* ag na *sales,* is dócha gur cheart duit é sin a scríobh isteach i do dhialann. Ní tharlaíonn a leithéid gach lá den saol. Tá mé ag súil le níos mó bandaí gruaige a bheith agam, áfach, amach anseo.

Ach, ar ndóigh, ní cheannóinn féin cóta *mink* – ní ghéillim (fuair mé an focal sin ar *concede* san Fhoclóir!) go bhfuil sé ceart ainmhithe a mharú, ach amháin chun iad a ithe.

Rud eile ba mhaith liom – ba mhaith liom go mbeadh Lucy sa bhaile. Nuair atá duine tar éis bheith ina cónaí béal dorais ar feadh na mblianta airíonn tú uait í, agus í amuigh san Eilvéis ag sciáil gan tú.

Deir mo mháthair go raibh Lucy agus mé féin inár gcairde sular rugadh muid, fiú. Is rud beagán dochreidte é sin, ós rud é nach sa tír seo a tháinig mise ar an saol ar chor ar bith.

An rud atá i gceist aici, is dócha, ná go bhfuilimid inár gcairde toisc go bhfuil ár dtuismitheoirí iontach mór le chéile le fada an lá.

Oireann a hainm do Lucy, mar gheall ar a cuid gruaige. Nuair a bhí mé an-óg, bhínn i gcónaí ag láimhseáil ghruaig Lucy, a deir mo mháthair, le fiosracht, féachaint an raibh sí trí thine.

Tá níos mó breicní (sin é an focal ar *freckles*) ar a haghaidh aici ná craiceann nach bhfuil breicneach, ionas gur féidir leat a rá gur aghaidh dhonn atá uirthi, breicnithe bán, in ionad aghaidh bhán breicnithe donn – ach amháin go bhfuil a fhios agat gur duine geal go bunúsach í.

Is é mo bharúil go bhfuil sí an-dathúil, agus go mbeidh na hEilvéisigh go léir ag déanamh iontais di. Ach is fuath léi cuma na bábóige den saghas 'cailín Éireannach' a bheith uirthi, a deir sí.

'Ní thuigim cén fáth go bhfuil an chuma seo orm,' ar sise. 'Is mise an t-aon duine rua sa chlann.'

'Tuigimse,' arsa mise, 'mar is mise an t-aon duine i mo chlannsa a bhfuil mo chuid gruaige fíor, fíordhubh.'

'Ó, a Amy,' ar sise, 'ná bí amaideach. Ní hé an rud céanna in aon chor é.'

Tá an ceart aici. Is rud thar a bheith éagsúil é. Ní raibh mé ach ag iarraidh a bheith tuisceanach faoi a bheith i do dhuine aonair i dteaghlach agus cuma áirithe ort, sin an méid.

Deir sí gur bhreá léi gruaig mar atá ormsa a bheith aici. Ach an rud is aite faoi, ba mhaith liomsa ó am go ham gruaig mar atá uirthise a bheith ormsa. Is é atá i gceist aici ar ndóigh ná folt gruaige cosúil liomsa a bheith aici, ach seachas sin a cuma féin a choimeád. Níor mhaith léi féachaint cosúil liomsa amach is amach, tá mé cinnte de – bheadh sé sin ró-ait ar fad.

Déardaoin 4 Eanáir

Tá Lucy ag sciáil i gcónaí. Chuirfinn geall go bhfuil sí tar éis *titim i ngrá* leis an múinteoir sciála. Bhí sé beartaithe aici a leithéid a dhéanamh sular fhág sí an baile ar aon nós. Ach ní dóigh liom gur féidir leat titim i ngrá le duine díreach mar go mbeartaíonn tú air.

Ba BHREÁ liom dul ag sciáil mar a dhéanann muintir Lucy. Ní théimidne ach ar saoire amháin sa bhliain, ag campáil sa samhradh in áit ina bhfuil club do pháistí níos óige ná mise, agus nach mbíonn buachaillí suimiúla ann mar a bhíonn in ionaid sciála. Ach bhrisfinnse mo chos, is dócha. Tarlaíonn rudaí mar sin domsa.

Dé hAoine 5 Eanáir

Fuair mé ríomhphost ó Lucy inniu, agus sliabh istigh ann. Fótagraf sléibhe, ar ndóigh, atá i gceist agam. Is dócha go bhfuil ceangal Idirlín sa seomra óstáin thall – *cool.*

Dúirt Lucy go raibh sí tar éis sciáil anuas an sliabh sin ar fad. Ní dhearna sí tagairt ar bith don mhúinteoir sciála. Sheol sí 'grá do Marietta' áfach, ábhar iontais. Ní dóigh liom go bhfuil meas rómhór ag Lucy ar Marietta.

B'fhéidir go raibh searbhas ag baint leis an mbeannacht sin. Is deacair an rud é searbhas a aithint i ríomhphost, dar liomsa.

Tháinig Marietta chugainn i bhfad roimh Oíche Shamhna, agus go leor bagáiste aici. Cara le mo mháthair í, ón am a raibh siad beirt ar an ollscoil.

Is dóigh liom gurb í Marietta an cara is fearr ag mo mháthair, agus más fíor sin, níl i máthair Lucy ach an dara cara is fearr aici. Nó b'fhéidir an bealach eile timpeall.

Thagadh Marietta chugainn go minic ar saoire nuair a bhí mé óg, ach an turas seo, feictear dom go bhfuil sí tar éis aistriú <u>isteach</u> linn. Bíonn mo dhaid ag gearán fúithi, ach deir mo mháthair, 'Anois, a Pheadair, bí i do thost. Tá a fhios agat go bhfuil sí ...'

Ach ansin tugann sí mise faoi deara agus ní ligeann sí uirthi go raibh rud ar bith á rá aici. Is dócha nach bhfaighidh mé amach go deo cén t-eolas atá ag m'athair faoi Marietta.

Níl a fhios agam cad chuige a mbíonn tuismitheoirí mar sin, ach is rud é a chuireann isteach go mór orm.

Is é barúil Lucy ná gur tharla **Mí-Ádh Grá** éigin do Marietta, agus go bhfanfaidh sí in Éirinn go dtí go dtagann sí chuici féin. Sin Lucy duit. Is maith léi go mbeadh míniú rómánsach taobh thiar de gach rud.

Mura bhfuil Marietta cúramach, beidh Lucy ag lorg fir chéile di, in áit an duine a dhiúltaigh di thall i Sasana. Tá dúil ag Lucy sna scannáin sin ina mbíonn póg ag an deireadh agus ansin *flash forward* go dtí bainis, pósadh bán agus cailíní gleoite coimhdeachta ann. Ní dóigh liom go mbeadh dúil ar bith ag Marietta ina leithéid, ach ní féidir stop a chur le Lucy nuair a bhíonn smaoineamh mar sin ina ceann aici.

Pé scéal é, táimid cleachta le Marietta anois. Thiocfadh leat a rá gur sórt peata tí í faoin am seo.

Luaim go minic chomh hait agus atá sí, ach níl brí shuarach ag baint leis sin. Níl ann ach an fhírinne – is duine rud beag aisteach í go díreach. Mar shampla, ní chuireann daoine fásta **dath glas** ina gcuid gruaige de ghnáth, an gcuireann? Agus **ingne comhchosúla??**

Rud eile de, bíonn todóga beaga tanaí á gcaitheamh aici. 'Cheroots' a thugann sí orthu. Ní chaitheann sí iadsan ach sa ghairdín, ar ndóigh.

Deir m'athair go bhfuil sí 'curtha amú' sa chathair. Ba chóir di dul faoin tuath agus post a fháil mar bhean bhréige a bheadh i mbun préacháin a scanrú. Bheadh cead aici ansin a cuid todóg a chaitheamh an t-am ar fad agus í amuigh faoin spéir.

Caint an-ghéar an méid sin, a deir mo mham, agus bean tharraingteach go leor ar a bealach féin í Marietta.

'Ar a bealach féin,' a deir m'athair, agus é ag ligean air go bhfuil sé ar aon tuairim le mo mháthair, ach bíonn a fhios agat nach fíor sin ar chor ar bith.

Dé Sathairn 6 Eanáir

Chuir mé ceist ar mo mháthair arb í Marietta nó máthair Lucy an cara is fearr aici, agus ar sise, 'Ní comórtas atá sa chairdeas, Amy.' *Óóóóó!*

Tá seomra Marietta i *return* an tí againne agus bíonn sí thuas staighre go minic ag staidéar. Sin é a deir sí ar aon nós, ach ní thugann sí tuairim ar bith cad a bhíonn á staidéar aici. Sin fáth amháin a ndeir Lucy go bhfuil sí mistéireach.

Measaim féin go bhfuil sí i mbun leabhar a scríobh, rud a bheadh sí ábalta a dhéanamh cinnte, toisc an méid eachtraí atá tarlaithe di sa saol, dar liomsa. Bheadh ort go leor eachtraí a bheith agat chun leabhar a scríobh, chuirfinn geall. Nó ina áit sin, bheadh ort iad go léir a chumadh i do chloigeann féin, agus ba ghaisce iontach deacair é sin a dhéanamh. Ach más rud é go bhfuil go leor eachtraí tarlaithe duit sa saol, d'fhéadfá iad go léir a scríobh síos – agus, *hé presto,* seo agat an leabhar!

Dé Domhnaigh 7 Eanáir

Chuidigh Marietta liom an crann a thógáil anuas inniu. Sin rud ait faoi chrann Nollag. Bíonn sé chomh corraitheach sin roimh an Nollaig, agus na maisiúcháin go léir á dtabhairt anuas ón áiléar agat, agus an stuif ghlioscarnach á croitheadh ar an gcrann agat, agus é chomh drithleach agus draíochtúil sin. Agus i ndeireadh na dála, nuair a thagann mí Eanáir, níl tú in ann fanacht go dtí go mbeidh an crann curtha amach, agus é imithe go dtí an áit a ndéantar *mulch* as.

Sin é an saghas ruda a mbíonn dúil acu ann ar scoil – dán a scríobh faoi cé chomh **DRAÍOCHTÚIL** is atá an crann Nollag roimh an Nollaig, agus nuair a bhíonn an Nollaig thart, an dóigh nach mbíonn ann ach 'skellington'.

Ní Sasanach den chineál a deir 'skellington' i ndáiríre í Marietta, ach deir sí ❝ idir uaschamóga ❞ é, agus bogann sí a méara gar dá cluasa, mar a dhéanann muintir Shasana, sa dóigh go bhfeiceann tú nach bhfuil sí ach ag magadh. Ach creidimse go dtuigeann Éireannaigh de ghnáth nuair a bhíonn duine ag magadh.

Sílim go bhfuil sí ag déanamh aithrise ar an duine sin ar an BBC – tá sí in ainm is a bheith ina file, ach i ndáiríre níl inti ach duine deas gealgháireach le guth iontach aisteach.

Chuir mé téacs chuig Lucy anocht, ach ní bhfuair mé freagra uaithi. B'fhéidir go bhfuil an fón múchta aici i gcónaí mar gheall ar an eitleán.

Dé Luain 8 Eanáir

Bhí orm éirí sa dorchadas ar maidin chun dul ar scoil. Is <u>fuath</u> liom sin.

Mothaíonn sé ar nós lár na hoíche, iontach fuar, toisc nach bhfuil am go leor ag an teas lárnach an teach a théamh. Agus tá ort an bricfeasta a ithe agus an éide uafásach scoile ort – uch!

Níl an scoil chomh dona sin nuair a bhíonn tú ann, mar bíonn cairde leat ann agus is féidir leat labhairt le daoine.

Tá Lucy fillte ón Eilvéis. D'fhiafraigh mé di cén fáth nár chuir sí glaoch orm inné, ach dúirt sí gur bhain siad an baile amach ródhéanach.

Tá múinteoir Gaeilge nua againn. Tá Iníon Uí Chonghaile ag súil le páiste lá ar bith anois, agus tá múinteoir tagtha ina háit. An tUasal Breathnach is ainm dó, ach tá sé beartaithe againn an tUasal B a thabhairt air.

Deir Lucy go bhfuil sé _te_, ach ní dóigh liom gur ceart focal mar sin a úsáid i gcás múinteora.

'Cén fáth nach ceart?' arsa Lucy.

'Toisc é a bheith fásta,' arsa mise. 'Ní hé an rud céanna é.'

Níor aontaigh Lucy liom.

Dé Máirt 9 Eanáir

Chuir mé ceist ar Lucy faoin múinteoir sciála.

'Cailín a bhí ann,' ar sise.

Pé scéal é, tá sé beartaithe aici titim i ngrá leis an Uasal B de rogha air sin. Dar léi, tá sé millteanach dathúil. Níl an bharúil sin agamsa ar chor ar bith. Ach tá sé deas go leor, cinnte.

Nach cúis bhróin é seo? D'iarr mo mháthair orm inné cuidiú léi subh oráiste a dhéanamh – agus THOILIGH mé. Cabhair! Tá mé i mbaol athrú isteach i mo Phaddington Bear.

Is léir go bhfuil an jab seo le déanamh i mí Eanáir. Bíonn oráistí ann i gcónaí, a dúirt mé le mo mham. *Au contraire,* ar sise, agus mhínigh sí dom go mbíonn oráistí speisialta suibhe ann i mí Eanáir amháin. Seo chugat! Bíonn rud nua le foghlaim gach lá, mar a deir m'athair. (Bíonn an ceart ag m'athair uaireanta. Ní go minic, ach anois is arís.)

17

Ní bhíonn Fraincis á labhairt ag mo mháthair de ghnáth. Ní Francach í. Tá sí ag obair in RTE, agus bíonn siad ag glagarnach leo mar sin an t-am ar fad. *Moi?* Agus mar sin de.

Bhí boladh aoibhinn sa chistin agus an subh oráiste á déanamh againn. Tháinig m'athair isteach agus chuir sé a chos i gcúpla braon a bhí tite ar an urlár. Bhí air a bhróga a bhaint de agus a bheith cúramach ag siúl ina stocaí thart faoin seomra. Ní raibh an méid sin beartaithe againn ar ndóigh – bónas breá a bhí ann.

Bhí sé ag gearán fúinn.

'Tá Tesco lán le subh oráiste,' ar seisean. 'Cad chuige nach gceannaíonn sibh ansin é, má tá sé de dhíth oraibh?'

Chuireamar strainc orainn, agus dúramar go raibh an subh againne i bhfad níos deise – rud is fíor.

Seo é an t-oideas, ar eagla go bhfaighidh duine éigin an dialann seo céad bliain uaidh seo agus é ag iarraidh fáil amach conas a bhíodh subh oráiste á déanamh san 21ú céad. (Ach leis an fhírinne a rá ní dhéanann mórán daoine subh oráiste sa lá atá inniu ann, toisc Tesco agus a leithéid a bheith ann.)

Cuireann tú pé méid punt oráistí is maith leat leis an méid sin faoi dhó go leith de shiúcra, agus leis an méid céanna piontaí uisce. Tá sé i bhfad níos fusa é a dhéanamh le puint agus piontaí – nuair a aistríonn tú i *kilos* iad, níl iontu ach uimhreacha gan aon chiall agus gan aon bhaint acu le chéile.

Rud a chruthaíonn go raibh an saol i bhfad níos simplí san aimsir atá thart, a deir mo mháthair. Ní dóigh liom go bhfuil sin i gceart, áfach.

Dé Céadaoin 10 Eanáir

Is duine uchtaithe í Marietta. Is é sin le rá, uchtaíodh í nuair a bhí sí óg. Cé chomh fada amach i do shaol a leanann tú á rá fós gur <u>duine uchtaithe</u> tú? An dtagann an lá go ndeir tú gur uchtaíodh tú mar <u>naíonán</u>?

Cuir i gcás go bhfuil tú fásta aníos agus gan a bheith ag brath ar do thuismitheoirí – an bhféachann tú ort féin ansin mar dhuine a <u>bhí</u> ina dhuine uchtaithe <u>tráth</u>?

Níl a fhios agam. Caithfidh mé fanacht chun é sin a fháil amach.

Nuair a bhí mé níos óige, bhí iontas orm go raibh teastais breithe ag daoine. Cuir i gcás go bhfuil teastas den chéad ghrád agat – is ionann sin is a rá gur éirigh leat sa chéad ghrád. Má tá Teastas Tarrthála agat, is ionann sin is a rá go bhfuil tú in ann beatha a tharrtháil – i gcás an duine atá i mbaol báis san uisce. Ní féidir leat rud ar bith a dhéanamh más amach as foirgneamh trí thine a léim sé nó má d'ól sé pionta *bleach*. Agus má tá an Ardteist agat, ciallaíonn sin gur éirigh leat sa scrúdú úd.

Ach rugadh gach duine – ní gá an méid sin a chruthú. Cad is brí le teastas breithe mar sin? Chun a chruthú gur tháinig tú ar an saol ar an ngnáthbhealach, agus nár thuirling tú ó neamh ar nós Aingeal Coimhdeachta?

Tá suim ag m'aintín Charley in aingil. Sin an dóigh a bhfuil eolas agam orthu. Tá sí beagáinín ait – ní chomh hait le Marietta, ach ait go leor. Ní thuigim conas a d'éirigh le mo mháthair a bheith chomh leamh is atá sí.

B'fhéidir go mbainfeá craic as an saol dá mbeadh máthair beagáinín ait agat. Ach ar an lámh eile, is dóigh liom go bhfuil sé níos fearr gnáthmháthair a bheith agat. Má tá gnáthmháthair agat, tá sampla agat den bhealach ar chóir do dhaoine plé leis an saol, agus is eolas úsáideach é sin ar ndóigh agus tú ag fás aníos.

Tá gnáthathair agam chomh maith. D'fhéadfá a rá go bhfuil an t-ádh liom faoi dhó.

Ar ndóigh, shocraigh mé nuair a bhí mé níos sine gurb é an chúis le teastas breithe ná a thaispeáint cá háit ar tháinig tú ar an saol, agus cathain, agus – seo an rud is tábhachtaí – cé leis tú.

Dé hAoine 12 Eanáir

Tá Lucy éirithe craiceáilte. I dtaobh an Uasail B, nach bhfuil ach seachtain sa scoil!

Tá sé díreach cosúil leis an bhfathach glas ar na fógraí don arbhar Indiach, dar léi. Agus nuair a leagann sí súil air, a deir sí, leánn sí ar an taobh istigh.

Tá sé iontach ard, agus bíonn sé ag lúbadh agus ag luascadh thart faoin scoil. Agus ag gabháil trí dhoras dó, bíonn air a cheann a chromadh.

Ligeann na cailíní osna bhog astu nuair a chromann sé a cheann mar sin. Ach ní nós beag gleoite aige an méid sin ar chor ar bith: mura gcromfadh sé a cheann, bhrisfeadh sé a shrón ar bharr an dorais. Sin an méid.

Ní thuigimse cad é atá chomh speisialta faoin Uasal B. Ach a chara, an tUasal Toomey, a mhúineann mata dúinn – is peata beag aoibhinn ar fad eisean.

Tá sé íseal go leor, is dócha, rud nach meastar a bheith rótharraingteach, cinnte, ach is maith liomsa é, agus tá sé go hiontach ag léiriú rudaí. Gloomy Toomey a thugtar air – mar gheall ar an rím, is dócha, mar níl sé *gloomy* in aon chor.

Nuair a bhíonn an bheirt acu ag caint lena chéile sa phasáiste, bíonn daoine ag magadh fúthu, toisc duine amháin a bheith chomh hard sin agus an duine eile chomh híseal.

Ar nós sioráif a bheadh ag caint le lacha, a dúirt duine éigin lá. Agus anois, nuair a chasann siad ar a chéile, bíonn na cailíní go léir ag tabhairt soncanna dá chéile agus ag cogarnach faoin mbeirt acu. Cromann cuid díobh síos ó am go ham, fiú, ag caint le créatúirín dofheicthe thíos faoina rúitíní, mar dhea.

Ach is fearr liomsa an tUasal Toomey ar aon nós. Agus níl cuma lachan air ar chor ar bith.

Dé Domhnaigh 14 Eanáir

Col ceathrar agam, maicín le m'aintín Charley, dúirt sé liom lá, 'tá a fhios agat an dóigh a bhfuil Edwina ag obair in RTE?'

(Edwina is ainm do mo mháthair.)

'Tá,' arsa mise.

'Bhuel,' ar seisean, 'an é sin an RTÉ atá i nDomhnach Broc Baile Átha Cliath a Ceathair?'

'Conas atá an méid sin ar eolas agat?' arsa mise. (Ní raibh sé ach thart faoi chúig bliana d'aois ag an am sin.)

'Sin seoladh Dustin,' ar seisean. 'Tugann siad amach ar an Den é. Cuir ceist ar Edwina ar mo shon an bhfuil a fhios aici cá bhfuil an Den go cruinn. Agus an bhfuil aithne aici ar Dustin?'

Cá bhfuil an Den? Ceist mhaith í sin.

24

An áit dáiríre nó áit shamhailteach é? Is dócha gur stiúideo teilifíse é i ndáiríre, ach b'fhéidir nach bhfuil ann ach cúpla adhartán agus cuirtíní – b'fhéidir go n-aistríonn siad an stiúideo isteach i stiúideo fásta istoíche. Agus nuair nach mbíonn an Den á chraoladh acu, mar chlár, an mbíonn an Den féin <u>ann</u>?

Agus cad faoi áiteanna a bhí ann uair agus nach bhfuil ann níos mó? An bhfuil siadsan ann i ndáiríre? Cur i gcás áiléar Anne Frank. Tá sé sin ann i gcónaí ach is músaem é i láthair na huaire. An é an áit chéanna anois é mar sin?

Agus má tharla rud i bhfad ó shin, an bhfuil sé dáiríre i gcónaí? Cur i gcás Hannibal agus na heilifintí go léir ag dul trasna na nAlp. An bhfuil sé sin fíor i gcónaí, nó an scéal é anois?

Is féidir leat do chloigeann a scrios le smaointe mar sin. B'fhéidir go mbeadh an tUasal Toomey in ann na ceisteanna sin ar fad a mhíniú dom. Bíonn cloigeann maith ar mhúinteoirí mata.

Rinne mé dearmad a rá go bhfuil an subh oráiste go hiontach blasta.

Dé Máirt 16 Eanáir

Tá Lucy ag *rave*áil faoi léirmheas a scríobh faoin Uasal B ar 'Rate My Teacher'. Tá buíon díobh chun páirt a ghlacadh ann. Beidh siad i dtrioblóid mhór má fhaigheann an scoil amach! Tá cosc iomlán ar 'Rate My Teacher'.

Tá siad chun a rá gur 'ledge' é – nó b'fhéidir go scríobhtar mar 'leg' é, toisc gur giorrúchán de 'legend' é. Ach is rud iontach aisteach é a rá gur 'leg' duine, ar nós é a bheith ina chos!

D'fhéadfainnse léirmheas deas a scríobh faoin Uasal Toomey. Sa dóigh nach mbeadh seisean fágtha amach as an scéal. Ach níl mé rómhaith ag briseadh rialacha na scoile, fiú gan ainm a chur leis.

Is cuma le Lucy a bheith ag briseadh rialacha na scoile. Ach ní cuma liomsa.

Dé Sathairn 20 Eanáir

Tá mé tar éis léamh siar ar an méid atá scríofa agam. Tugaim faoi deara go mbím i gcónaí ag caint leatsa – is é sin, le duine nach bhfuil ann ar chor ar bith!

Chuir Anne Frank ainm ar a dialann, ar ndóigh, ach b'in cás speisialta. Ba ise an cailín aonair san áiléar sin. Bhí cara de dhíth uirthi, cinnte.

Ach tá cairde agamsa. Ní gá dom cara a dhéanamh as mo dhialann, rud a bheadh iontach brónach. Tá a fhios agam nach bhfuil duine ar bith ann seachas mé féin agus leathanaigh bhána an leabhair nótaí seo. Tá rud éigin uaigneach ag baint leis nuair a chuireann tú in iúl mar sin é.

An 'tú' seo nach bhfuil ann – is mé féin atá i gceist agam, ar ndóigh. B'fhéidir gur fadhb teanga atá ann – gan forainm a bheith againn dúinn féin, agus muid ag caint linn féin.

Níl ach Gaeilge agus Béarla agamsa. B'fhéidir go bhfuil focail i dteangacha nach iad i gcomhair 'tú' nach bhfuil ann i ndáiríre. Tá cúpla focal Sínise agam chomh maith, ar ndóigh, ach ní leor sin chun ceist mar seo a léiriú.

Ní dhearna mé machnamh riamh cheana ar fhorainmneacha. Mé, tú, sé, sí. B'fhéidir gur comhartha é seo go bhfuilim ag éirí ait. Éiríonn cailíní de m'aois-se beagáinín ait uaireanta, a deir m'athair.

D'fhiafraigh mé de, cén sórt aiteachta a bhíonn orthu, agus dúirt sé 'Ó, tá a fhios agat féin. Neamhoird itheacháin agus *poltergeists* na rudaí is mó le rá.' B'fhéidir nach bhfuil forainmneacha ró-thromchúiseach mar sin.

Oíche mhaith, mise!

Dé Luain 22 Eanáir

Bíonn mo mham ag brath ar Marietta mar sórt feighlí páistí, cé gur saghas aoi sa teach í. Is maith léi go mbeadh Marietta anseo nuair a fhillim ón scoil tráthnóna. Seachas sin, tá mo mham cinnte go rachainn ar an vodka, is dócha.

Ní thuigim cén fáth go mbeadh níos mó dúil agam i 7-Up ná in *alcopops* toisc Marietta a bheith anseo, ach sin loighic tuismitheoirí duit.

D'fhill Lucy abhaile liom inniu. Chuamar isteach sa chistin agus d'alpamar pota uachtair reoite de chuid Ben & Jerry a bhí sa reoiteoir. Níl cead againn an t-uachtar reoite sin a ithe. Tá sé i dtaisce i gcomhair lá breithe éigin, ach bhí fonn babhla mór **Chunky Monkey** ar Lucy.

Tháinig Marietta isteach inár ndiaidh, agus dlaíóg ghleoite de ghúna uirthi, agus todóigín nach raibh lasta ina béal aici. Bhí dath curtha ina gruaig aici, arís eile. In áit folt salach donn le giota beag glas tríd, bhí dath ruadhorcha anois uirthi, le stríocaí fionna. Bhí sé cosúil le folt ainmhí éigin sa dufair.

D'éiríomar as a bheith ag slogadh siar an uachtair reoite, na spúnóga leathbhealach idir lámh agus béal againn. Níor éirigh le ceachtar againn rud ar bith a rá. Bhí alltacht iomlán orainn ag an ngruaig stríocach seo.

Níor lig Marietta uirthi gur thug sí rud ar bith faoi deara. Ní dhearna sí ach a cloigeann a bhogadh i dtreo an uachtair reoite, agus rud éigin a rá i dteanga iasachta.

'Issma ...' a bhí mar fhocal tosaigh de.

Chuir Lucy pus uirthi féin, agus chroith mise mo ghuaillí.

Thóg Marietta a mála amach faoin mbord, agus ar aghaidh léi ar nós na gaoithe as an seomra.

'Cérbh é sin?' arsa Lucy. 'Araibis, ab ea?'

B'fhéidir go raibh an ceart aici. Bhí sé cosúil leis na rudaí a deir Ahmed ón teach dhá dhoras síos uainn. Is Éireannach é i ndáiríre, ach bíonn Araibis á foghlaim sa rang reiligiúin aige.

D'fhéadfadh Marietta a bheith ag foghlaim na hAraibise go deimhin. Bíonn sí i gcónaí ag freastal ar ranganna oíche.

Na blianta ó shin, nuair a bhí siad óg, bhí Marietta agus mo mháthair ina gcónaí in árasán le chéile, agus rinne sise pictiúr déanta de phaistí tráth. Cuilt a bhí le bheith ann, ach d'éirigh sí tuirseach de agus d'éirigh sí as sula raibh sé críochnaithe aici. Lig sí uirthi gur obair ealaíne a bhí ann ansin. Chuir sí fráma air agus chroch sí ar an mballa é.

Uair eile bhí sí ag foghlaim conas do ghluaisteán féin a dheisiú. Ag an am sin bhí súil aici fós go mbuailfeadh sí le fear deas ag rang oíche. Ach, deir mo mháthair, an deacracht a bhí ag baint leis an mbeart sin ná nach gcuireann fir suim i ngluaisteáin a dheisiú. Tugann siad airgead d'fhir eile chun a gcuid gluaisteán a dheisiú. Is ag mná a bhíonn an smaoineamh gur féidir leat féin é a dhéanamh.

Nó b'fhéidir go raibh siad ar fad ag súil le bualadh le fear deas sa rang.

B'fhéidir go bhfuil fear deas faighte ag Marietta ar deireadh thiar thall, agus gur Arabach é, mar a mheasann Lucy. B'fhéidir gurb in an chúis nár fhill Marietta go fóill ar Poole, an áit arb as di. B'fhéidir go bhfuil sí ag fanacht i mBaile Átha Cliath chun féachaint conas a éireoidh leis an gcaidreamh.

Bíonn smaointe measartha <u>fiáin</u> ag Lucy de ghnáth, ach ó am go ham bíonn an ceart aici. Beidh orainn faire an bhfuil duine agus cuma *Lawrence of Arabia* air ag bualadh thart faoin teach.

'Ná bí amaideach, Amy,' arsa Lucy. 'Ba Shasanach é *Lawrence of Arabia*.'

Bhuel, tá a fhios aici cad atá i gceist agam – duine agus cuma air go bhfuil camall aige sa bhaile agus leabhair leis an scríbhneoireacht álainn sin iontu.

ا ب ت ث ج ح خ

Ach dar le Lucy bíonn jeans á gcaitheamh ag formhór na nArabach sa lá inniu, smaoineamh beagán díomách, dar liomsa.

'Bhuel,' arsa Lucy, 'ní théann tusa thart i *kimono*, an dtéann?'

'Ach ní Seapánach mé,' arsa mise. 'Sin is cúis leis sin.'

'Ó, tá a fhios agat cad é atá i gceist agam. Dá mba Sheapánach tú, cad a bheadh á chaitheamh agat?'

'Níl a fhios agam.'

'Tommy Hilfiger go deimhin,' ar sise. 'Nó b'fhéidir Abercrombie and Fitch.' Bhí fuaim cineál brionglóideach ina guth agus í ag ainmniú na *labels* seo.

Rinne sí an chuid dheireanach den uachtar reoite a LÍREAC den spúnóg, agus ar sise: 'Níl seans ar bith go gcaithfeadh Marietta rud deas faiseanta. Agus, a Dhia – a mála! Tá sé cosúil le rud éigin a bheadh ag Mary Poppins.'

Bhris mé amach ag gáire.

'Tá sé chomh mór sin,' arsa Lucy, 'go dtiocfadh leat leanbh trí mhí a chur i bhfolach ann go hiomlán.'

'Ceann iomlán?' arsa mise. 'Gan fiú na géaga agus na cosa a bhaint de?'

Níor thuig Lucy go raibh mé ag magadh fúithi.

Seo léi ar aghaidh: 'Agus an dath atá air!'

'Bhuel, is maith le mórán daoine an dath bándearg,'

arsa mise. 'Is maith leatsa é, mar shampla.'

B'in an chuid ba lú den scéal. Is í Lucy Miss Bándearg. Deir m'aintín Charley nár chóir do chailíní rua bándearg a chaitheamh. Ach tá an tuairim sin ag baint leis an aois atá thart, dar le Lucy. Is cailín *girly* í Lucy. Nuair a bhí sí óg, thug duine éigin *tiara* beag di dá lá breithe, agus chuaigh sí a <u>chodladh</u> fiú agus an *tiara* uirthi. Ach chun an fhírinne a rá chuaigh mé féin a luí le traeinín bhatairí ar feadh seachtaine agus mé óg.

'Ó, is maith,' ar sise. 'Bándearg *shocking*. Bándearg fáinne an lae. Bándearg bog linbhín. Bándearg sú craobh. Ní hea, ach bándearg <u>bindealáin</u>.'

Tá canúint an DART ag Lucy, cé nach bhfuilimid inár gcónaí cóngarach don líne DART ar chor ar bith.

Tá sé ar intinn aici *mworketing* a dhéanamh mar shlí bheatha nuair a bheidh sí fásta. Nuair a bhíonn sí ag caint mar sin, deirim i gcónaí go bhfuil mé chun a bheith i mo thréidlia.

Níl suim ar bith agam bheith i mo thréidlia. Níl a fhios agam cad ba mhaith liom a dhéanamh, ach amháin go mbeadh baint aige leis an eolaíocht. Ní bhím ach ag magadh faoi Lucy, ionas go ndéarfaidh sí, 'Ó, Amy, post an-salach a bheadh ansin, agus boladh uafásach ag baint leis!' Agus í ag scréachaíl agus ag sceamhaíl.

'Bhuel,' arsa mise, 'ní féidir leat an milleán a chur ar Marietta mar gheall ar dhath a mála láimhe. Ní ise a dhear é. Ní ise a rinne é. Ní dhearna sí ach é a cheannach.'

'Ach cá <u>háit</u>?' arsa Lucy. 'An raibh Marietta i gceantar cogaidh le déanaí?'

'Ceantar cogaidh? Cad atá á rá agat?'

'Nach bhféachann tú ar an nuacht? Nár thug tú riamh faoi deara go mbíonn éadaí uafásacha á gcaitheamh ag daoine i gceantair chogaidh? Agus is ar éigean a bhíonn oiriúintí ar bith acu – mí-oiriúintí ba cheart dom a rá.'

Bhí uafás orm. Lig mé béic asam: 'Lucy! Na daoine bochta úd. Tá a gcuid tithe faoi ionsaí pléascán, a gcuid bpáistí á marú ...'

'Ó, tuigim sin, ar ndóigh,' ar sise, 'agus tá trua an domhain agam dóibh, ach bíonn rudaí cosúil le héadach boird á gcaitheamh acu, nach mbíonn?'

Ní raibh mé in ann freagra a thabhairt uirthi. Bhí mé ag smaoineamh ar Anne Frank.

Ní dóigh liom go bhfuil Lucy chomh crua-chroíoch sin i ndáiríre. Tagann sí amach le rudaí uaireanta gan machnamh a dhéanamh, sin an méid.

Lean sí uirthi: 'Ó, Amy, cad ba chóir dúinn a dhéanamh faoi Marietta?'

'A dhéanamh fúithi? Cad is brí leis sin?'

'Ní mór dúinn cuidiú léi, Amy, an créatúr.'

Faoi mar gur alcólach í Marietta nó rud éigin mar sin. Nó gadaí siopa b'fhéidir.

'Níl rud ar bith cearr le Marietta,' arsa mise.

'Bhuel,' arsa Lucy, 'bíonn tú i gcónaí á rá go bhfuil sí ar thóir an ghrá.'

Ní dúirt mé a leithéid riamh. Ach b'fhéidir go bhfuil an ceart ag Lucy. B'fhéidir gur thréig fear éigin í, mar is dóigh léi siúd, agus go bhfuil duine eile de dhíth uirthi anois chun titim i ngrá leis. Ná déanaimis dearmad ar an Araibis.

'Bhuel,' arsa mise, 'ní thuigim cén bhaint atá ag an méid sin le designer labels.'

'Ní bhuaileann tú leis an ngrá,' arsa Lucy, 'má bhíonn cuma púca ó na seachtóidí ort. Agus ní *retro* atá i gceist agam, Amy. Na fíor-seachtóidí atá i gceist agam, rud atá éagsúil ar fad. Agus cad faoin nGRUAIG? Tá sí cosúil le cána candaí a chuirfeá ar chrann Nollag.'

Is í an cara is deise agam í, ach tá rud éigin cruálach ag baint léi mar sin féin.

Deich rud is aoibhinn liom faoi mo chara is deise, Lucy

1. A samhlaíocht ollghnóthach
2. A cuid gruaige ar dhath na tine
3. Cuireann sí ag gáire mé
4. Níl faitíos uirthi roimh mhúinteoirí
5. Níl faitíos uirthi roimh dhaoine fásta go ginearálta
6. Chuimhnigh sí ar r-phost a chur chugam ón Eilvéis
7. Agus a cuid gruaige ar dhath na tine
8. Tá mé ag smaoineamh faoi
9. Tá mé ag smaoineamh i gcónaí
10. Níl mé críochnaithe go fóill!

Deich rud is fuath liom faoi mo chara is deise, Lucy

1. A samhlaíocht ollghnóthach
2. Déanann sí dearmad glaoch gutháin a chur orm
3. A dearcadh faoin Uasal Toomey
4. Is dóigh liom go bhfuil sí i mbaol bheith rud beag ina ciníochaí
5. Téann sí ag sciáil!
6. A canúint
7. An dúil atá aici i designer labels
8. An dóigh a bhíonn sí i gcónaí ag iarraidh an lámh in uachtar a bheith aici
9. Na fir is maith léi
10. Bígí ag faire...

Dé Máirt 23 Eanáir

Seo rud ait, agus thar a bheith uaigneach leis. Bhí mé i mo dhúiseacht aréir ag déanamh imní faoi Marietta, agus Lucy a bheith ag iarraidh 'cuidiú' léi. Agus sin an dóigh ar chuala mé Big Ben arís agus é ag bualadh amach an mheán oíche. Ní hé sin an rud is aite. Tá sé sin ag teacht anois.

Bhí raidió eile ar siúl thíos staighre. Bíonn m'athair ag éisteacht leis an raidió istoíche agus é ag péinteáil sa seomra bia, áit a bhfuil bolgáin sholas an lae curtha isteach aige. Is féidir liom an raidió a chloisteáil toisc an seomra bia a bheith díreach faoi mo sheomra codlata. Is léir go raibh an gléas raidió sin tiúineáilte aige leis an BBC, chomh maith le raidió Marietta, mar bhí Big Ben ar siúl ar an dá cheann, agus é cineál ... stadach. Is é sin le rá, bhí an codán is lú de shoicind idir raidió a haon agus raidió a dó. B'fhéidir go raibh siad ar thonnfhaid éagsúla, níl a fhios agam. Ach éist – seo an rud is uaigní – cé acu buille atá ceart? An chéad ghiota stadach de bhuille ar raidió amháin, nó an lánbhuille a thagann díreach ina dhiaidh ar an raidió eile? Nó an dtagann an mheán oíche nanashoicind níos luaithe thuas staighre ná thíos staighre – rud beag cosúil le *timezones*, ach ar mhicreascála?

Agus pé scéal é, cathain a thosaíonn meán oíche i gceart? Nó cathain a thagann sé chun críche? Leis an gcéad bhuille, nó leis an gceann deireanach? Agus rud eile de, cathain go cruinn a bhíonn críochphointe an bhuille ann? Mar bíonn athshonadh measartha fada ag baint leo.

Bhuail mo mháthair uair le fear agus iad ar eitleán go Boston. Níor leag an fear seo riamh cos as contae na Mí. Chuir sé ceist ar mo mháthair, an féidir leat é a mhothú nuair a théann tú thar an dátlíne?

Bhris siad go léir amach ag gáire nuair a chuala siad an scéal sin, ach dar le mo mham, ba cheist iontach cliste í.

Tá mise cosúil leis an bhfear úd as contae na Mí, is dóigh liom. Bíonn go leor ceisteanna cliste agam, ach an deacracht ná nach bhfuil duine ar bith ar aithne agam atá in ann freagraí cliste a thabhairt orm.

Nuair a bhí mé níos óige, shíl mé gurbh in é gnó m'athar. Bhíodh mórán ceisteanna á gcur agam air, agus bhí faitíos an domhain air romham. Sin é an uair a thosaigh sé ag imirt gailf. D'imigh sé leis an ngalf sa dóigh nach mbeadh sé sa bhaile ar an Satharn, lá a bhímse ann.

Faoi dheireadh, d'éirigh mé as bheith ag cur na gceisteanna cliste air, agus d'éirigh seisean as an ngalf. D'fhill sé ar an bpéinteáil.

Léigh mé an leabhar sin faoi Sophie. Ní *Sophie's Choice* atá air, ach rud éigin mar sin – *Sophie's Angel*, an ea? Is dócha go bhfuil sé sin i gceart, mar bhronn m'aintín Charley orm é. Bhí sé measartha suimiúil. Ach ní bhfuair sí freagra riamh, Sophie – gan ann ach tuilleadh ceisteanna.

Tá sé in ainm a bheith iontach fealsúnta a bheith sásta gan freagra a fháil ar cheist, ach amháin ceisteanna breise. Ní dóigh liomsa go bhfuil sé sin i gceart ar chor ar bith.

Tá sé cosúil lena rá nach bhfuil sé tábhachtach an

bua a bhaint amach i gcluiche, gan ach páirt a ghlacadh ann. Nó gurb é an smaoineamh atá tábhachtach nuair a fhaigheann tú bronntanas uafásach. Ní aontaímse leis an dearcadh sin ar chor ar bith.

Ní *loser* iomlán é mo dhaid, ar ndóigh. (Níor mhaith liom go mbeadh an bharúil sin ag aon duine a bheadh ag léamh na dialainne seo go <u>mídhleathach</u>, go háirithe dá mba é mo dhaid féin a bheadh ann.) Ach éiríonn sé rud beag tuirseach díomsa uaireanta.

D'inis sé dom tráth go bhfuil scéal bleachtaire de chineál áirithe ann nach mbíonn aon réiteach ag baint leis – ní fhaigheann tú amach riamh cé a rinne é. Tá sé in ainm a bheith iontach sofaistiúil más cuma leat cé a rinne é – ach ní aontaím leis an dearcadh sin ach an oiread.

Dé hAoine 24 Eanáir

Bhí irisleabhar ag Lucy inniu agus pictiúr ann de stíl gruaige a thaitin léi. Bhí sí ag iarraidh Marietta a spreagadh chun triail a bhaint as an stíl gruaige seo.

'D'oirfeadh sé duit go hiontach,' ar sise – as Béarla, ar ndóigh, toisc gur Sasanach í Marietta.

'But I'm a long-haired person, Lucy,' arsa Marietta, agus a dá lámh thart faoina cuid gruaige aici, ar nós go mbeadh eagla uirthi go raibh Lucy chun siosúr a fháil ar an spota agus a cuid gruaige a bhaint di. 'I always have been.'

Ach dar le Lucy, b'in an fhadhb. Bhí sé in ard-am an méid sin a athrú, ar sise. Trácht ar bith ar an athrú gruaige a bhí díreach déanta ag Marietta cúpla lá ó shin.

Bhí mise trína chéile ar fad leis an náire, ach ní raibh ceist ar bith faoina leithéid i gcás mo dhuine. Lean sí uirthi: 'I mean, at your age, Marietta, you are a bit ...'

Léim mise isteach ag an bpointe sin. Níl Marietta ach thart faoi 39, tar éis an tsaoil. Ar ndóigh, tá sé sin iontach aosta – iarsma atá inti, beagnach – ach ní dóigh liom go bhfuil a fhios sin aici féin.

'Lucy,' arsa mise, 'inis do Marietta an scéal sin faoi Paris Hilton.'

Ní raibh scéal faoi leith ag baint le Paris Hilton, ach is furasta Lucy a chur ar strae ach an duine úd a lua. As go brách léi sa strataisféar nuair a chloiseann sí an t-ainm sin.

'Paris *what*?' arsa Marietta.

'Not what,' arsa Lucy. 'You mean who. Paris *Hilton*.'

D'fhiafraigh Marietta de Lucy an óstán a bhí i gceist.

Agus tá Lucy ag rá: 'A Dhia! <u>No</u>, a <u>celebrity</u>, Marietta.'

Dúirt Marietta nár chuala sí trácht riamh ar dhuine le hainm chomh hait sin. Ní raibh sé inchreidte a leithéid d'ainm a bheith ar fhíorbhean. 'You might as well be called – Leinster House,' ar sí.

'Teach Laighean!' arsa Lucy – ach ní dúirt sí os ard é. Ní dhearna sí ach na focail a athrá gan fuaimniú, i mo threosa, agus í taobh thiar de Marietta. 'What is she LIKE?'

Ach toisc Lucy a bheith taobh thiar de Marietta, ní raibh sí in ann a fheiceáil go raibh comhartha á thabhairt aicisean domsa nach raibh sí ach ag magadh faoi Lucy. Ag caochadh leathshúile a bhí sí.

Bhris mé amach ag gáire, ach níor lig mé orm cad a bhí mar chúis gháire agam.

'Ó, Marietta,' arsa mise, ag ligean orm gur cúis grinn iontach í féin, 'Leinster House. That's a good one.' Agus le Lucy, dúirt mé, ag cur duine in aithne di, mar dhea, 'Seo cara liom, an tUasal House. Leinster House.'

Chroch Lucy a súile in airde, agus bhí Marietta agus mé féin lag ar fad ag an ngáire.

Ansin, lig Marietta beagáinín eile Araibise aisti.

'Guth mhurají rud éigin,' ar sise.

Anois ó chuimhnigh mé air, níl cuma Araibise ar an sliocht sin ar chor ar bith. B'fhéidir gur teanga éigin Afraiceach atá á foghlaim aici. Tá go leor daoine ón Afraic anseo le déanaí. B'fhéidir go bhfuil Marietta ag tabhairt cineál tacaíochta dóibh – sin í an saghas í ceart go leor. Ach pé scéal é, na hAfraicigh a bhfuil aithne agamsa orthu, bíonn an Fhraincis acu mura mbíonn an Béarla. Nach cúis iontais sin nuair a dhéanann tú machnamh air: cén fáth a mbeadh Fraincis á labhairt ag daoine ón Afraic? Cuirfidh mé an cheist sin ar m'athair. Ní dóigh liom gur ceist róchasta í, agus beidh sé bródúil as bheith in ann freagra a thabhairt uirthi.

Pé scéal é, sceith Lucy cad é a bhí ar siúl i ndáiríre. Tá deartháir Lucy chun pósadh, agus tá cuireadh againn go léir go dtí an bhainis, Marietta san áireamh. Is deas sin, ó thaobh mhuintir Lucy de, dar liomsa.

Dúirt Lucy liom go raibh sí ag iarraidh a chinntiú nach mbeadh Marietta ag an bpósadh agus an chuma uirthi gur meascán de chrann Nollag agus bean na málaí í.

Tá sé le bheith ar siúl in eaglais, agus deir Lucy go bhfuil orainn ar fad suí síos agus seasamh suas ag na hamanna cearta, mar a dhéanann na daoine eile, agus na hamhráin a chanadh amach. Ní amhráin atá iontu, dar léi, ach 'iomainn'. Níl mise in ann an focal féin a rá, fiú, gan trácht ar iad a chanadh.

Is eol di nach bhfreastalaímidne ar an Aifreann de ghnáth. Ní 'rud ar bith' mo thuismitheoirí, maidir le reiligiún, agus mé féin chomh maith. Molann mo dhaid dom 'Búdaíoch caite' a rá nuair a chuirtear an cheist sin orm, ach níl ansin ach cur-ar-strae.

Is maith liom an sagart a thagann isteach sa scoil, cé nach duine dá thréad mé. (Ní bheinn i gcoinne freastal ar an Aifreann, ach níor mhaith liom a bheith i mo bhall de thréad. Is cailín de chuid na cathrach mise.)

Insíonn sé scéalta beaga dúinn as an mBíobla. Tá na scéalta go léir cloiste againn cheana féin. Ach is cuma faoi sin. Bímid sásta é a fheiceáil, toisc gur sos beag é ón nGaeilge nó ón mata nó pé rud atá ar siúl ag an am. (Tá mé measartha maith ag mata, ach fanaim i mo thost faoin méid sin, mar ní rud *cool* é. Ní mian liomsa a bheith iontach *cool*, ach ag an am céanna, níl feidhm ar bith aird a tharraingt ort féin. Tugtar faoi deara mé ar aon nós, agus is leor sin.)

Bíonn scéalta iontach maith aige. Sin fáth eile nach miste linn iad a chloisteáil arís.

Sin an chúis gur mhair an Bíobla chomh fada sin, dar le mo mháthair, é a bheith lán de scéalta den scoth. Is trua nach bhfuil na scéalta sin ar eolas ag daoine níos mó, a deir sí.

Dúirt mé go bhfuil go leor scéalta eile ann, ach dar léi gur fearr na scéalta céanna a bheith ag daoine. Chuir mé ceist uirthi cén fáth, agus dúirt sí gur scéalta coitianta a dhéanann cultúr.

Shíl mise gurb é a bhí i gcultúr ná rud cosúil le *yogurt* ar mhias Petri. Dúirt sí nár chóir dom a bheith chomh sárchliste sin, ach ní raibh mé ag iarraidh a bheith cliste in aon chor.

D'fhiafraigh mé den sagart lá amháin, cad chuige nach mbíonn cailíní in ann a bheith ina sagairt. Dúirt sé gur cheart dúinne an méid sin a réiteach agus muid fásta. Mheas mé gur freagra maith a bhí ann ag an am, ach tar éis machnamh a dhéanamh air, tá tuairim agam anois nach raibh sé ach ag iarraidh an cheist a sheachaint.

Scaoilfidh mé leis mar sin féin, mar is maith liom é. Agus is dócha go gcaillfeadh sé a phost dá dtabharfadh sé an fíorfhreagra orm.

Dé Sathairn 27 Eanáir

Chuir mé ceist ar mo dhaid cad chuige a mbíonn

Fraincis ag Afraicigh. Toisc go ndearna an Fhrainc coilíniú ar an Afraic, a dúirt sé. Rud beag cosúil le Béarla a bheith ag Éireannaigh, is dócha.

Tá an Fhraincis á foghlaim againn ar scoil. Níl sí ró-olc mar theanga, ach amháin a fhios a bheith agat cad iad na litreacha nach bhfuaimnítear.

Ní bhíonn mórán loighce ag baint le teangacha, áfach. Sin an fáth gur fearr liomsa an t-ailgéabar.

Dé Máirt 30 Eanáir

Tá mé ag éirí tuirseach de bheith ag cloisint faoi chomh hÁLAINN is atá an tUasal B. Bíonn Lucy i gcónaí ag titim i bhfantais faoi.

Táim féin tar éis a bheith á scrúdú faoi rún, nuair is ceart dom bheith ag déanamh ceachtanna scríofa. Uair amháin, d'ardaigh sé a shúile agus mé ag déanamh staidéir air. Agus cad a rinne sé ach deargadh! Agus mar gheall air sin, thosaigh mise ag éirí dearg san aghaidh fosta. Ó, ba MHILLTEANACH an cás é i ndáiríre.

Is léir anois go gceapann seisean go bhfuil dúil faoi leith agamsa ann, agus is é a mhalairt atá fíor. Ní raibh mé in ann a rá leis, ar ndóigh, nach raibh mé ach ag iarraidh a thuiscint cad é atá ag baint leis atá chomh tarraingteach sin, dar le Lucy!

B'aoibhinn liom an cás go léir a phlé le Lucy, ach ní dhéanfadh sise ach gáire faoi – is é sin le rá, fúmsa. Ó, a Dhia!

Measaim gurbh fhearr liomsa fir atá níos óige. Is é sin le rá, leaids óga.

Cuireann leaids óga isteach orm uaireanta. Bíonn siad i gcónaí ag caint faoin spórt, rud nach bhfuil suim ar bith agamsa ann – ní thuigim é, fiú. Ach bíonn siad ag éisteacht leis an gceol céanna, ar a laghad, agus ag breathnú ar na cláracha céanna a mbainimidne sult astu. Bíonn an tuairim agat go bhfuil rud éigin á roinnt i gcoitinne agat leo.

Cúig rud ba mhaith liom faoi stócach

1) É a bheith greannmhar
2) É a bheith cairdiúil
3) Gan é a bheith áiféiseach
4) Go seolfadh sé Vailintín chugam
5) Gan dúil a bheith aige i Lucy!

Ní minic a bhíonn leathanach ar Bebo ag leaids, nó rud ar bith mar sin. Níl a leithéid agamsa ach oiread, caithfidh mé a admháil. Ach bheadh ceann agam, dá mbeadh cead agam. Sin an cineál tuismitheoirí atá agamsa. Ní thuigeann siad rud ar bith.

Ní dóigh liom go mbeadh leathanach ar Bebo ag Ahmed, cur i gcás. Ní hionann sin is a rá gur leaid idéalach eisean, ar ndóigh. Ach tig leat a rá, toisc é a bheith ina chónaí go háisiúil sa chomharsanacht, gur bonn comparáide éigin é.

Díreach mar a bhíonn agat agus turgnamh eolaíochta nó leighis nó rud éigin mar sin ar siúl agat. Tugann tú an leigheas, cuir i gcás, do ghrúpa amháin, agus ní thugann tú don ghrúpa eile é. Agus is féidir leat ansin éifeacht an leighis a fheiceáil ar an dream a fuair é, i gcomparáid leis an ngrúpa nach bhfuair ach druga bréagach.

Ní hionann sin is a rá go mbíonn drugaí á dtógáil ag Ahmed, ar ndóigh.

Dé Céadaoin 31 Eanáir

Chuir mé ceist ar Marietta uair, cad chuige a mbíonn an méid sin suime ag an saol mór i ndaoine uchtaithe. Agus dúirt sise toisc mistéir a bheith ag baint linn, agus is rud iontach é sin. *I mean*, ní bhaineann an scéal leis an saol mór in aon chor, ach ina ainneoin sin bíonn siad fiosrach fúinne.

Rud eile de, b'fhéidir go dtitfeadh sé amach gur banphrionsa tú i ndáiríre. Sin smaoineamh iontach tarraingteach, dar le Marietta. Cosúil leis na heachtraí úd a tharlaíonn i scéalta sí nó in *operetta*. Beag an baol, ach tig leat bheith ag brionglóid faoi mar sin féin, agus tá sé sin chóir a bheith chomh maith leis an rud féin.

Bhí mé ag *operetta* uair. Thug Marietta ann mé. Mheas sí go mbainfinn sult as. Bhí sé siamsúil go leor, is dócha. Bhí daoine ag dul thart i *kimonos*, agus iad ag briseadh amach ag ceol ar dhroichidíní gleoite anseo is ansiúd.

Ach mar sin féin, níorbh eol dom go dtiteann sé amach gur banphrionsa duine éigin i gcónaí. Ach is mar sin a bhíonn i gcónaí a deir Marietta. Bíonn comhartha cille nó *birthmark* aici a dheimhníonn gur banphrionsa í – comhartha cille sú talún a bhíonn i gceist. Níl a fhios dom cad is brí le sú talún sa chomhthéacs sin – an dath é nó an cruth atá i gceist? B'fhéidir gur blas atá ann – rud a chuirfeadh múisc ort.

Pé scéal é, is mistéir duine uchtaithe. Is féidir le rud ar bith titim amach, a deir Marietta. Is dócha go dtaitníonn a leithéid le daoine. Measann siad go bhfuil cineál draíochta ag baint leis. Rud a chruthaíonn go mbíonn na daoine rud beag truamhéalach i ndáiríre.

Ós rud é go rabhamar ag plé na ceiste, d'fhiafraigh mé de Marietta an éiríonn tú as smaoineamh ort féin mar dhuine uchtaithe, agus tú fásta. Dúirt sí nach n-éiríonn, toisc an méid sin a bheith mar chuid díot i gcónaí, agus gurb in tú féin.

Tá orm machnamh a dhéanamh ar an méid sin. Níl mé cinnte an bhfuil an ceart aici. Cé tú féin – tá baint aige sin leis an sórt duine is ea tú, na smaointe a bhíonn agat agus na rudaí a dhéanann tú agus na daoine atá ar aithne agat agus na leabhair atá léite agat agus na rudaí a itheann tú agus an ceol is fearr leat agus a leithéid eile ar fad. Ní hiad do chuid géineanna iad, an ea? Tá baint acu sin le dath do chuid gruaige, nó croí lag a bheith agat, nó an mbeidh tú ard, cosúil le haintín nach raibh ar d'aithne – sin an méid.

Ach b'fhéidir nár ghéineanna a bhí i gceist aici ar chor ar bith. B'fhéidir go raibh sí ag trácht ar a bheith uchtaithe, mar staid ann féin. Bheith i do dhuine uchtaithe, b'fhéidir gurb in a shainíonn mar dhuine tú?

Seo rud eile a d'fhéadfadh do chloigeann a chur ar strae. Cosúil leis an gceist, cathain go cruinn a bhíonn meán oíche ann? Nó ar tháinig Hannibal trasna na nAlp leis na heilifintí úd i ndáiríre?

Is dócha gur cheart dom dul a chodladh agus sos a thabhairt dom féin.

Déardaoin 1 Feabhra

Tá forainm eile ag teastáil uainn, seachas ceann i gcomhair caint leat féin – ceann chun trácht a dhéanamh ar bhuachaill nó ar chailín, fear nó bean. Is féidir leat sí/sé a scríobh, ach ní féidir leat é a rá – murar Marietta tú. Deir sise *she-stroke-he* an t-am ar fad, rud atá ait, cosúil léi féin.

D'inis mo mháthair dom gur cheap Marietta forainm nua uair amháin: *xe.* Toisc é sin a bheith leathbhealach idir *she* agus *he*, rud nach fíor ar chor ar bith, dar liom féin. Agus *ximer* sa tuiseal cuspóireach!

Ach níor éirigh léi a chur ina luí ar dhuine ar bith úsáid a bhaint as/aisti, ní nach ionadh *(hello?)*. Agus faoi dheireadh lean sí uirthi le *s/he* agus í ag scríobh, agus *she-slais-he* sa teanga labhartha.

Deir mo mham gur cosúil le *Derry/Londonderry* é, ach ní dóigh liom é, seachas an tslais a bheith iontu araon.

Dé hAoine 2 Feabhra

D'iarr Lucy ar Marietta teacht linn ag siopadóireacht go Dún Droma ar an Satharn, chun ár gcuid éadaí a fháil don bhainis.

'Dundrum?' arsa Marietta. 'What would we want to go to Dundrum for? It's a poky sort of a place.'

Bhí mé ag stánadh ar Marietta. Conas ab fhéidir le haon duine BEO an bharúil a bheith aici gur áit *poky* é Dún Droma? Nó an raibh sí ag magadh faoi Lucy arís?

'Marietta, it is <u>so not</u>,' arsa Lucy. Tá Lucy iontach ceanúil ar Dhún Droma. Shílfeá go bhfuil scaireanna aici ann.

Ach dhearbhaigh Marietta gur áit mhillteanach a bhí ann, agus plódú tráchta millteanach i gcónaí ann.

Rinne mise teagmháil súl le Marietta, agus shíl mé go ndearna sí nod beag i mo threo nach raibh sí ach ag ligean uirthi nár thuig sí cad a bhí i gceist ag Lucy.

Mhínigh Lucy go mífhoighneach di nach é an sráidbhaile a bhí i gceist aici, ach an t-ionad SIOPADÓIREACHTA. Agus d'fhreagair Marietta go raibh dearmad glan déanta aici (mar dhea) ar an ionad siopadóireachta.

Lig mise scairt gháire asam, ach thug Marietta sonc sna heasnacha dom, chun mé a chur i mo thost. Ar ndóigh, chuir sé sin taom eile gáire orm.

Dúirt Lucy le Marietta go bhféadfaimis dul ann ar an Luas. 'Would you like that?' ar sise, faoi mar a bheadh sí ag caint le duine a raibh droch-chás Alzheimers uirthi.

Dúirt Marietta gurbh fhearr léi dul go Penneys, go bhfaca sí gúna galánta ann a bheadh sároiriúnach, agus é ar sladmhargadh.

Lig Lucy béic aisti. 'Penneys!' Is léir nach bhfuil mórán measa aici ar an siopa úd.

Bhrúigh mé ar a cos le mo chos féin, agus chuir mé pus orm féin ina treo.

'Aidhe!' ar sise.

Chuir sí ceist ansin ar Marietta cén sort gúna a chonaic sí i Penneys. Rinne Marietta cur síos ar ghúna nár thaitin le Lucy ar chor ar bith: gúna veilvite a bhí ann, veilvit bhrúite, más é do thoil é, agus dath pluma air.

Baineadh freanga as Lucy. Lig mise scairt asam arís. Ach lig Marietta uirthi go raibh sí iomlán dáiríre. Níl mé féin cinnte an raibh sí ag cur dallamullóg orainn nó nach raibh.

'So <u>appropriate</u> for a winter wedding,' arsa Marietta, agus a guth GALÁNTA in úsáid aici. Is dócha go raibh sí á hullmhú féin don bhainis.

Lean sí uirthi: 'And I might even rise to a hat!'

'Agus cruth bláthphota air,' arsa Lucy liomsa go

ciúin. 'Agus silíní air. Silíní plaisteacha.'

Is maith an rud é go bhfuil Marietta ar leathchluas – agus gur Sasanach í.

'Ó,' arsa Lucy os ard, 'ná bac le hata, Marietta. I mean, no need to bother with a <u>hat</u>.' Toisc bainis neamhfhoirmeálta a bheith beartaithe acu, a phointeáil sí amach.

Tá raic i ndán dúinn go deimhin. A Dhia! Is fuath liom sin! Cén fáth nach mbíonn daoine níos cineálta lena chéile?

Dé Sathairn 3 Feabhra

Ba mhaith le Lucy go rachaimis ag siopadóireacht linn féin, gan na máithreacha a bheith linn. Ach dúirt mise nach ligfeadh mo mháthair dom a leithéid a dhéanamh ar chor ar bith.

Dúirt Lucy gur cheart dom a rá go raibh máthair Lucy ag teacht linn, agus go ndéarfadh sise go raibh mo mháthairse ag teacht. Agus ar an mbealach sin, go n-éireodh linn dul gan ceachtar acu, agus cibé rud ba mhaith linn a cheannach.

Aidhe! Bhí mé cinnte nach n-éireodh liom sa mhéid sin. Is mise an bréagadóir is measa ar domhan!

Ach mar a thit sé amach, ádhúil go leor, ní raibh orm bréag ar bith a insint. Ní dúirt mé ag am bricfeasta ach go raibh mé féin agus Lucy ag dul chun éadaí a cheannach don phósadh. D'fhéach mé isteach i mo bhabhla calóg agus mé ag feitheamh go dtosódh na ceisteanna go léir ag teacht i mo threo, agus mé ag tuairimíocht cad faoi Dhia a déarfainn mar fhreagra.

Ach bhí ar mo mham dul ag obair, cé gur Satharn a bhí ann, cruinniú éigin a bhí aici. Bíonn cruinnithe ag daoine fásta an t-am ar fad, ní thuigim cén fáth. Ní bhíonn cruinnithe againne riamh. Ar aon nós, ar an ábhar sin, ní raibh sí ag éisteacht liom ach ar leathchluas.

Dúirt sí, 'Umm, tá sé sin go breá, Amy. Tá brón orm nach féidir liom dul libh, ach tá Ciara iontach nuair atá éadaí i gceist.' (Ciara is ainm do mháthair Lucy ar ndóigh.)

Tá sé tugtha faoi deara agam nach mbíonn ort bréaga a insint i gcónaí, nuair atá rud éigin rúnda ar siúl agat. Níl ort ach an fhírinne a insint i gceart, agus cloiseann daoine an méid is maith leo a chloisteáil. Ar bhealach, is rud beagáinín scanrúil é sin, nuair a dhéanann tú machnamh air.

Ach deir Lucy go mbímse ag déanamh machnaimh rómhinic, agus gurbh fhearr dom gan machnamh ar bith a dhéanamh ach mo shúile a dhúnadh agus léim isteach.

Ach dar liom féin, má tá mé chun léim isteach i rud éigin, b'fhearr liom mo dhá shúil a bheith ar oscailt agam, go raibh maith agat mar sin féin.

Tá a cárta Visa féin ag Lucy ní nach ionadh, toisc ise a bheith de shíor i mbun siopadóireachta. Ach bheadh eagla ormsa a leithéid a bheith á iompar thart agam. Thug mo mham roinnt mhaith airgid dom, agus mhol sí dom é a chur i bhfolach istigh i mo stoca, rud a chuir uafás ar Lucy. Ach ba chuma liomsa. B'fhearr liom boladh cos – *pffuííí* – a bheith ar mo chuid airgid ná é a bheith caillte agam.

Bhí cineál bróin orm gan Marietta a bheith linn. Bíonn craic pé áit a bhíonn Marietta, agus í chomh hait agus atá sí. Rud eile de, bheadh Lucy róghnóthach ag iarraidh smacht a chur ar Marietta. Ní thabharfadh sí mise faoi deara ar chor ar bith.

Ach ó tharla nach raibh ann ach an bheirt againn, bhí orm triail a bhaint as na mílte éadaí. Bhí mé tuirseach traochta ina dhiaidh.

Ach cibé ar bith, fuaireamar roinnt mhaith rudaí galánta, caithfidh mé a rá. Rudaí nach mbeinnse dána go leor iad a cheannach gan Lucy a bheith do mo spreagadh. Rudaí luisneacha, mealltacha ar fad.

Dúirt mo mham go raibh an feisteas a bhí ceannaithe agam go hálainn. Ach chuir mo dhaid ceist orm an ag dul ag snámh a bhí mé. Greannmhar? (Ní dóigh liom é.)

Ach ar aon nós, tá mé cineál ag súil leis an bpósadh anois.

Dé Domhnaigh 4 Feabhra

An méid a tharla inniu! Caithfidh mé an scéal a scríobh síos go deas loighciúil, ach tá na smaointe ag rith thart i m'intinn.

Bhuel, ar an gcéad dul síos, chuamar go dtí an pháirc tráthnóna, mé féin agus Lucy. Buailimid lenár gcairde sa pháirc tar éis na scoile, in aice leis na luascáin. Bíonn leaids ann uaireanta, i mbun peile, áit a bhfuil fógra in airde gan siúl ar an bhfaiche.

Dhírigh mé aird leaid amháin ar an bhfógra sin uair amháin. Dúirt sé, 'Á, ná bac leis sin, a thaisce.

67

Nílimid ag siúl ar an bhféar in aon chor. Is ag rith air atáimid.'

Bhí sceitimíní an domhain orm, toisc gur thug sé 'a thaisce' orm. Ach thug sé faoi deara go raibh mé trína chéile, agus dúirt sé, cineálta go leor, 'Smaoineamh breá agam: rithfimid go hiontach éadrom. An mbeadh sé sin níos deise?'

Ger is ainm dó. Chuala mé na leaids eile ag glaoch air agus iad ag imirt.

Ach ní bhíonn an bhuíon againne sa pháirc ar an Domhnach. Ní bhíonn ann ach tuismitheoirí agus a gclann. Agus Domhnach i mí Feabhra ní bhíonn siadsan féin ann. Uaireanta bíonn sé folamh – 'iomlán folamh', a bhí beagnach scríofa agam, ach ní féidir le rud a bheith folamh agus (iom)lán ag an am céanna, an féidir?

Bíonn mo dhaid ag rámhaillí le déanaí mar gheall ar na laethanta a bheith ag dul chun síneadh, ach éiríonn sé dorcha luath go leor go fóill, dar liomsa, agus druidtear an pháirc ag an gclapsholas.

Bhíomar ag sodar linn go measartha tapa, mar bhí sé fuar, agus é ag éirí rud beag déanach fosta. Go tobann, chuir Lucy lámh ar mo lámhsa, agus mhoilligh sí a céimeanna.

'Ná féach anois!' ar sí, de chogarnach.

Sin rud iontach amaideach a rá. Nuair a deir aon duine liomsa gan féachaint, is é an t-aon rud is maith liom a dhéanamh ná féachaint díreach sa treo sin, chun a fháil amach cad é an rud nach bhfuil cead agam féachaint air.

'Dúirt mé GAN féachaint, a óinseach!' arsa Lucy, agus í ag siosarnach go fóill i mo chluas. 'Agus druid do bhéal. Tá cuma éisc ort, atá tar éis léim amach as a bhabhla le hiontas.'

Ní chreidim é sin. Ní raibh iontas orm in aon chor. Ní raibh orm ach rud beag mearbhaill mar gheall ar iompar mistéireach Lucy.

Dhún mé mo bhéal agus rinne mé iarracht féachaint

díreach ar aghaidh, ag ligean orm go raibh rud éigin iontach suimiúil os mo chomhair amach, ach i bhfad uaim.

'Is í Marietta atá ann,' arsa Lucy os íseal. 'Tá sí ar chúl an chrainn sin, agus í ag caint le duine éigin. Siúlaimis linn beagáinín. Agus bí ag spaisteoireacht, ná lig ort go bhfuil dada tugtha faoi deara agat. Is féidir linn dul thart, agus a fheiceáil cé atá ann. Is dóigh liom … b'fhéidir nach bhfuil an ceart agam, ach feictear dom gur **FEAR** atá ann.'

Lig sí an focal 'fear' aisti mar scréach, ach í ag cogarnach an t-am ar fad, ar nós luichín tachtaithe.

Níl a fhios agam cad chuige a raibh sí chomh corraithe sin mar gheall ar Marietta a bheith ag caint le fear. *I mean*, d'fhéadfadh aon duine a bheith ann: athair Ahmed, cuir i gcás, nó coimeádaí na páirce, nó an fear a bhíonn i mbun an tsiopa nuachtán – bíonn sé sa pháirc go minic ar sos beag tobac dó féin.

Iad a bheith de thaisme faoi cheilt ag crann – ní hionann sin is a rá go raibh siad ar *date*. Ach ní thig le Lucy an smaoineamh a chur as a cloigeann go bhfuil Marietta ar thóir an ghrá.

Bhí na smaointe cantalacha seo ag rith thart i m'intinn, ach ar ndóigh ní dúirt mé rud ar bith os ard. Ní raibh sé de mhisneach agam. Ar aon nós, ar aghaidh linn ag spaisteoireacht go fánach, mar dhea, thart faoin chrann úd. Rinne mé iarracht breathnú ar an talamh. Ach bhí mo shúile i gcónaí á mealladh i dtreo an chrainn dhamanta sin.

Bhí íomhá i mo cheann agam de Marietta agus í sínte in aghaidh stoc an chrainn, a haghaidh claonta i dtreo an fhir. Cosúil le bean i bhfógra teilifíse do chumhrán éigin.

Ach nuair a fuair mé amharc uirthi, bhí sí tamall ar shiúl uainn, agus í suite ar bhinse. Go teicniúil, bhí sí taobh thiar de chrann, toisc an crann a bheith idir muidne agus ise, ach ní i bhfolach a bhí sí in aon chor. Dá n-éistfeá le Lucy, bheadh an tuairim agat gur ag coimhéad i scáth an chrainn a bhí sí. Ach sin Lucy – is breá léi a bheith ag déanamh dráma as gach rud.

Go deimhin, bhí fear ina shuí taobh léi, agus é casta i leataobh uaithi. Ní raibh mé in ann dada a fheiceáil ach taobh amháin dá chóta. Ba léir go raibh sé ag caint léi.

D'iompaigh mé sa treo contráilte, ag ligean orm go raibh mé ag breathnú ar bhun na spéire. Bhí eagla orm go bhfaigheadh Marietta amharc orm, agus go sílfeadh sí gur ag spiaireacht uirthi a bhí mé.

Nuair a bhí cúpla slat eile siúlta againn, rinne Lucy ionsaí ar mhuinchille mo chóta arís, agus dúirt sí, ag siosarnach, 'An BHFACA tú? *Ohmygod!*'

Ní raibh an fear feicthe go cruinn agam, ach an chaoi a raibh Lucy ag dul ar aghaidh, shílfeá gur Brad Pitt a bhí ann ar a laghad. Is dócha go bhfuil radharc na súl i bhfad níos fearr aici ná agamsa.

'Ní fhaca,' arsa mise. 'Cad é? Cé a bhí ann? Ní fhéadfainn dada a fheiceáil, ach amháin gur fear a bhí ann cinnte. An ndéarfá gur Arabach a bhí ann?'

'Arabach? Cad atá á rá agat?'

'Nó cainteoir Araibise, ba cheart dom a rá. Nó Afraiceach? Ní fhaca mise rud ar bith seachas a chóta.'

'Ní féidir leat a rá cén teanga atá á labhairt ag duine agus gan ach breathnú air!' arsa Lucy. 'Féach <u>ortsa</u>, mar shampla.'

Is fíor sin. Ach bhí mé díreach chun cur i gcuimhne do Lucy an tuairim a bhí againn. Is é sin, leannán a bheith ag Marietta agus teanga éigin iasachta aige. Ach bhí sise ag geabáil léi agus í ar cipíní.

'Pé scéal é, an rud is tábhachtaí,' ar sí, 'ná go raibh sí ag caint le fear. Ach, Amy – conas a déarfaidh mé é? Níorbh é an saghas fir é a bhí ar intinn againn do Marietta.'

Ní raibh rud ar bith ar intinn agamsa do Marietta. Fad a bhaineann sé liomsa, tá lánchead ag Marietta dul amach le pé duine is maith léi.

Ach is breá le Lucy bheith ag cur isteach ar dhaoine. Bíonn sí ag eagrú gach rud ar a son, pé acu an maith leo é nó nach maith. An dóigh a d'eagraigh sí mise leis <u>an gculaith snámha úd</u> a chuir sí ina luí orm a cheannach.

Ní féidir liom dul ar bhainis agus bicíní orm i mí Feabhra! Fiú amháin i mí Iúil. B'fhéidir go nglacfaidís ar ais é sa siopa?

Rinne mé iarracht filleadh ar an aimsir láithreach.

'Bhuel,' arsa mise, go cúramach, 'b'fhéidir gur duine éigin é ar bhuail sí leis sa pháirc. Comharsa, mar shampla. Ní fhéadfá a rá, Lucy, gur teacht le chéile rómánsach faoi chrann atá i gceist. Níl an crann ach … <u>sa bhealach</u>. Ní raibh siad, tá a fhios agat, i <u>bhfolach</u> taobh thiar de nó rud ar bith mar sin.'

'Níl an ceart agat,' arsa Lucy. 'Ní heol dom cé hé. Ach is eol dom nach duine <u>éigin</u> é. Duine faoi leith é.'
'Conas is eol duit sin?' a dúirt mé. 'Murar eol duit cé hé, conas is eol duit gur duine faoi leith é?'

'Toisc í a bheith **Á PHÓGADH!** Ní phógann tú duine <u>éigin</u>, an bpógann? Go háirithe más seanduine tú. Ní bhíonn a leithéid sin ag lorg *cheap thrills*, tá a fhios agat. Ní phógann siad ach <u>daoine faoi leith</u>.'

'Ó,' arsa mise. ' Ceart go leor. Bhí siad ag pógadh, an raibh?'

Bhí an méid sin tar éis dul amú orm.

Ní dúirt Lucy arís é. Ach bhí an dreach sin uirthi a bhíonn ar dhaoine agus iad lánsásta leo féin.

'Bhuel,' arsa mise, 'is deas sin. Tá súil agam go mbeidh siad an-sona lena chéile.'

'Ach, Amy,' arsa Lucy, 'ní thuigeann tú ar chor ar bith. An fear sin atá léi. Níl sé – oiriúnach.'

'Oiriúnach! Lucy, ní ceart duitse a rá cé a oireann do Marietta.'

Is féidir léi a bheith rud beag ardnósach, Lucy. Réamhchlaonadh (nó *prejudice*) atá uirthi mar ainm láir. Lucy Uasal Réamhchlaonadh Bándearg. Sin í í go díreach.

Ach ansin, dúirt sí, 'bhuel, ní dóigh liomsa go bhfuil sé ceart ná cóir do Marietta a bheith ag dul thart le SEANBHACACH! Cad é do bharúil?'

Bacach! Níor thug mé faoi deara gur seanbhacach a bhí ann in aon chor. Marietta a bheith ag pógadh bacaigh – bhuel, b'ait an smaoineamh é sin ceart go leor. Caithfidh mé machnamh a dhéanamh ar an gceann sin.

Rinne mé casacht.

Agus seo le Lucy, 'An dtuigeann tú ANOIS?'

'Bhuel,' arsa mise, ach ní raibh mé in ann níos mó a rá. Ní maith liomsa a bheith réamhchlaonta. Tá mé cinnte go bhfuil mothúcháin ag seanbhacaigh, díreach ar nós daoine eile, agus ba mhaith leo duine éigin a bheith acu le pógadh.

76

Ach ag an am céanna, Marietta a bheith le seanbhacach – bhuel, ní caidreamh é sin a bhfuil mórán dóchais ag baint leis, an ea?

'So now what?' arsa Lucy.

'Cad is brí leis sin?' arsa mise. *'Now nothing.* Ní bhaineann an cás linne ar chor ar bith.'

'Tá tú an-leithleasach, Amy,' arsa Lucy. 'Mo náire thú! Ní thig linn ligean le Marietta í féin a chur amú mar sin. Ó, tá mé cinnte go bhfuil sí gan dóchas ar fad. Níl rud ar bith le déanamh ach duine éigin eile a fháil di. Duine eile chun titim i ngrá leis agus an ruaig a chur ar an gcréatúr úd de bhacach.'

Oh no! arsa mise liom féin. Cabhair! Bhí sé dona go leor nuair a bhí Lucy ag iarraidh Marietta a ghléasadh nó a stíl gruaige a athrú. Seachas a bheith ag iarraidh a cúrsaí grá a eagrú fosta. Tá drochmhothú agam faoin méid seo. Ó, a Dhia!

Dé Luain 5 Feabhra

Chuir Marietta ceist orm an bhfaca sí sa pháirc mé inné.

Dúirt mé nach raibh a fhios agam.

'You don't know if you were in the park?' ar sí.

Dúirt mé nárbh é sin a bhí i gceist agam, ach nach raibh a fhios agam an <u>bhfaca</u> sise mé.

Dheimhnigh sí go bhfaca sí mé ceart go leor. Bhuel, más mar sin a bhí, cad chuige an cheist a chur ar an gcéad dul síos?

Ach ní dúirt mé é sin. Rinne mé iarracht a bheith spraíúil ina thaobh.

'There's your answer so,' a dúirt mé.

Mhol Marietta dom gan a bheith *cheeky*. Ní raibh mé ag iarraidh a bheith *cheeky* in aon chor. Ní féidir liom a thuiscint cad é a bhíonn de dhíth ar dhaoine fásta. Déanann tú do dhícheall a bheith fírinneach agus cruinn beacht, agus cuireann siad *cheek* i do leith. Is mearbhallach an scéal é, nach ea?

D'fhiafraigh mé de Marietta ansin cad a bhí mícheart le bheith sa pháirc. Ach dúirt sise nach raibh sí ach ag fiafraí cad chuige nár stop mé chun beannú di.

Dúirt mé nach bhfaca mé í. Is fíor sin, ar bhealach. Ní fhaca mé ach duine agus cruth Marietta uirthi ina suí ar bhinse agus duine eile agus cruth fir air taobh léi.

Ní hionann sin agus Marietta féin a fheiceáil. Gan Lucy a bheith i mo theannta, ní bheadh an méid sin féin feicthe agam.

B'fhéidir go raibh gruaig stríoctha ag an duine a raibh cruth Marietta uirthi, ach ní fhaca mé a leithéid. Is dócha go raibh scairf nó caipín nó rud mar sin á chaitheamh ag an gcruth.

Dúirt Marietta go bhfuilim caoch. Mhol sí dom freastal ar *ornithologist*. Tar éis í a cheistiú níos cruinne, fuair mé amach gur *ophthalmologist* a bhí i gceist aici.

Is léir go ndeir sí *ornithologist*, mar is fusa an focal sin a rá! Sin é aiteacht Marietta duit! Baineann sí úsáid as cibé focal is maith léi, agus tá ar dhaoine eile a fháil amach cad is brí lena cuid raiméise.

'That's right,' ar sise, go sásta. 'That is exactly the word I was looking for. Guthmagut.'

'What?' arsa mise.

'Guthmagut,' ar sise arís.

Zúlú, b'fhéidir. Nó Maori.

Nó b'fhéidir nach raibh sí ach ag leanúint ar aghaidh leis an gcleas céanna, úsáid a bhaint as pé fuaim is maith léi. Cuireann sí isteach orm uaireanta, í féin agus a cuid aistíle.

Tá gruaig fhionn air. Fionn go leor. Agus tá dath gorm ar a shúile, fíor-fíor-ghorm, chóir a bheith corcra. Ger atá i gceist agam, mo dhuine a bhí sa pháirc lá.

Níl a fhios agam cén fáth ar tháinig sé isteach i m'aigne díreach anois. Ní dóigh liom gur *ornithologist* é, cuir i gcás. Ní fhaca mé *binoculars* riamh aige. Déshúiligh an focal ceart, nach breá an focal é?

A bheith ag smaoineamh ar Marietta agus í ag pógadh taobh thiar de chrann – b'fhéidir gurbh é sin ba chúis le heisean a theacht isteach i mo cheann.

Níor mhiste liom duine a bheith do mo phógadh ar chúl crainn, dá mba é Ger a bheadh ann.

PS: Níl sé fíor a rá nár mhiste liom. Chun an fhírinne a rá, ba mhaith liom é. Agus bheinn féin á phógadh fosta.

Sin buntáiste dialainne. Is féidir leat rudaí a insint duit féin nach n-inseofá d'aon duine eile.

PPS: Bhí mé i mo luí i mo dhúiseacht, agus chuir mé ceist orm féin. Cuir i gcás an tUasal Toomey a bheith taobh thiar den chrann liom, conas a bheadh sé sin? Agus tar éis machnamh beag a dhéanamh, bheartaigh mé nár thaitin an smaoineamh sin liom.

Taitníonn seisean liom, agus is breá liom bheith ag faire air ón dara sraith deasc sa rang. Ach níor mhaith liom bheith á phógadh taobh thiar de chrann mar sin féin.

Dé Céadaoin 7 Feabhra

Bhí mé ag déanamh machnaimh arís ar an dóigh go mb'fhéidir go dtitfeadh sé amach gur banphrionsa tú i ndáiríre. Cosúil leis na *Princess Diaries*. Ach go réalaíoch, ní dócha é.

Dá mbeadh banríon ag iompar clainne gan

choinne, is dócha go mbeadh réiteach acu. Réiteach seachas an leanbh a thabhairt do dhuine éigin anaithnid. Ní hionann agus na seanscéalta béaloidis, mar a dtugann siad an leanbh do thuathánach bocht sa choill – rud atá go hiomlán ar mire, dar liomsa.

Sa saol fírinneach, thabharfaidís do bhean uasal éigin í, de réir dealraimh. Sa dóigh sin, dá bhfaigheadh sí amach níos moille gur iníon na banríona í, ní chuirfeadh sé sin isteach uirthi go mór. Bheadh taithí aici ar shaol uasal sa phálás agus mar sin.

B'fhéidir go mbeadh a *tiara* beag féin aici, fiú. Ceann dáiríre, ní ceann mar a bhí ag Lucy sa leaba agus í óg.

Chuirfinn geall nach mbeadh seans ar bith gur bhanphrionsa i ndáiríre í Lucy. Dá mba dhuine uchtaithe í, atá i gceist agam. Ní

hea, ar ndóigh, níl mé ach á shamhlú. Tá sí dathúil go leor, ach ní mheasaim go mbeadh craiceann breicneach ag banphrionsa.

Dúirt mé an méid sin uair amháin le Lucy. Dearmad mór a bhí ann. D'fhreagair sise: 'Bhuel, ní cheapaimse go mbeadh craiceann <u>buí</u> ag banphrionsa ach an oiread.'

Buí! Níl mise buí. Is áiféiseach an dath é buí i gcomhair duine – murar Simpson tú nó bábóigín Playmobil.

D'fhéach mé ar mo ghéaga. 'Is dócha gur saghas dath órga atá orthu,' arsa mise faoi dheireadh.

'Ó, tá brón orm!' ar sise. 'Ní raibh sé ar intinn agam a bheith drochbhéasach. Níl mé ach ag iarraidh a bheith cruinn.'

Cruinn! Sin mar a bhíonn Lucy. Síleann sí gur féidir leat a bheith chomh suarach gránna agus is maith leat, fad a thugann tú cruinneas air.

Nuair a bhí mé níos óige, bhí buachaill sa chlós scoile againne. Bhí sé cúpla bliain níos sine ná muidne.

Nuair a d'fheiceadh sé mise, dhéanadh sé rud suarach. Chuireadh sé a dhá chorrmhéar lena shúile agus craiceann a aghaidh á theannadh aige. Mar dhea gur súile Síneacha a bhí aige. Agus bhíodh sé ag caint i nguth géar ard, ar nós (dar leis féin) Sínis a bheith á labhairt aige.

Nuair a dhéanadh duine fásta éigin iarracht stad a chur leis, deireadh sé, 'Ó níl rud ar bith á dhéanamh agam. Sin an chuma atá uirthi i ndáiríre. Is fíor sin. Ní féidir leat é a bhréagnú.'

Mar dhea nach raibh fadhb ar bith ann, ach é bheith cruinn. (Agus ar ndóigh, ní mar sin a bhíonn súile Síneacha in aon chor.)

Ar deireadh thiar, díbríodh as an scoil é mar gheall ar mhaistíneacht. Agus ní fhaca mé ina dhiaidh sin é.

Níl mé á rá gur bulaí í Lucy. Ach ní maith liom an dóigh a ligeann sí uirthi nach bhfuilimse maith go leor.

'Pé scéal é,' arsa mise, 'is cuma cén dath a thugann tú air, tá sé cinnte ar aon nós gur féidir banphrionsaí Síneacha a bheith ann. Cad faoi iníonacha na n-impirí? Banphrionsaí impiriúla ab ea iad gan amhras.'

'*So,* is dóigh leat gur de shliocht Impire na Síne tú, an ea?' arsa Lucy agus miongháire gránna ar a pus aici. '*Dream on*, a stór.'

Mhothaigh mé mé féin rud beag maslaithe. Go deimhin, ní dóigh liom i ndáiríre gur banphrionsa mé – níor mhaith liom é, fiú. Ach níor thaitin liom an dóigh a bhí sí ag caint fúmsa, ná an áit arbh as mé.

Ach d'fhreagair mé go réidh, 'Ní dóigh liom é ar chor ar bith. Níl mé ach ag caint go ginearálta.'

Ba cheart dom gan a cuid breicní a lua arís.

Oíche mhaith, Mo Mhórgacht!

Dé hAoine 9 Feabhra

Creidim go bhfuilim síceach. Bhí mé díreach ag smaoineamh ar Ger, agus cad a tharla ach seo chugam ar an tsráid é tráthnóna! Agus a liathróid peile faoina ascaill aige.

B'ait an cleas a d'imir mo chroí orm nuair a chonaic mé é. Léim sé aníos as mo chliabh agus thuirling sé díreach i mo scornach. Bhí mé in ann é a mhothú ansin, ina luí ar mo chéislíní.

Theip na focail orm. Bhuel, ní féidir le duine ar bith labhairt agus ball <u>inmheánach</u> di lóistithe ar a laraing aici.

Ach dá mba rud é nach raibh mé in ann labhairt, bhí mé in ann miongháire a dhéanamh. Chuir mé dreach cairdiúil ar m'aghaidh. Ní róchairdiúil, ar eagla nach mbeadh aithne aige orm; ach cairdiúil go leor le go mbeadh a fhios aige go raibh mé sásta é a fheiceáil.

Níor shamhlaigh mé dáiríre go gcuimhneodh sé orm. Ach ag an am céanna, bhí mé ag súil leis.

D'aithin sé mé.

Stad sé os mo chomhair amach – ó, a Dhia! – agus an liathróid á preabadh aige ar an gcosán eadrainn.

'Bhuel,' ar sé, 'seo chugam banchoimeádaí na páirce! Cad é mar atá tú, a thaisce?'

A thaisce! Bhí sé á dhéanamh arís.

Níl an ghalántacht chéanna ag baint le banchoimeádaí páirce agus atá le banphrionsa ar chor ar bith. Ach ba nod é gur aithin sé mé, agus bhí mé sásta go leor a bheith i mo bhanchoimeádaí.

Tá scéal eile ann a bhí dearmadta agam, agus is é a mhalairt de scéal é seachas na scéalta faoi dhaoine ar banphrionsaí i ndáiríre iad. Ceann de scéalta an tsagairt atá ann.

Scéal Mhaois atá i gceist agam. Ní prionsa é ar chor ar bith, ach tagann an banphrionsa air agus é ina naíonán, agus tugann sí isteach sa phálás é. I ndeireadh na dála, is duine iontach tábhachtach é. Ach níl sé soiléir an raibh sé ina dhuine tábhachtach ann féin, nó ar éirigh sé tábhachtach toisc gur thóg banphrionsa é.

Ar aon nós, shlog mé mo chroí. D'fhéadfainn é a mhothú ag cnagadh leis agus é taobh istigh de mo chliabh arís. Ach ar aon nós, bhí mé in ann labhairt.

Dúirt mé, amaideach go leor, 'Tá mé go maith, go raibh maith agat.' Ní raibh mé ábalta smaoineamh ar rud ar bith níos oiriúnaí.

Chuir sé draid air agus sméid sé, agus an liathróid á cur faoina ascaill aige arís.

B'fhearr liom nach dtabharfadh sé 'a thaisce' orm. Cuireann sé míshuaimhneas agus faitíos orm.

'*Seeya*,' a dúirt sé ansin.

Chuaigh sé thart orm, agus tharraing sé go cineálta ar eireaball capaillín mo ghruaige. Thuig mé gurbh ionann sin is a rá, 'Hé, tá mé tar éis tusa a thabhairt faoi deara.'

Rug mé ar m'eireaball capaillín féin, agus chas mé thart faoi mo lámh é.

D'iompaigh mé chun a fheiceáil cad a cheap Lucy den mhéid a tharla. Ach ní raibh sise ag faire ar chor ar bith. Ní fhaca sí dada. Bhí sí ag féachaint sa treo eile ar fad.

Cad is brí le 'cara is fearr' mura dtugann sí imeachtaí tábhachtacha mar sin faoi deara?

'Féach!' Thug sí sonc dom sna heasnacha lena huillinn. Tá faobhar iontach géar ar an uillinn aici.

Níl sé ceart uillinn chomh géar sin a bheith ag aon duine.

'Nach é sin Gloomy Toomey, thall ansin, trasna an bhóthair? Féach! Tá sé ag stánadh isteach i bhfuinneog an tsiopa sin!'

Ní raibh mórán suime agamsa sa mhéid a bhí ar siúl ag an Uasal Toomey, tráthnóna Aoine. *I mean*, is maith liom é cinnte, ach níor mhaith liom a bheith ag casadh leis sa tsráid.

Agus ar aon nós, theastaigh uaim a insint do Lucy go bhfaca mé Ger. Ach nuair a rinne mé iarracht cur síos a dhéanamh ar an méid sin, ba léir dom nach raibh rud ar bith tar éis titim amach – cé go raibh mé cinnte, ag an am céanna, GO RAIBH rud iontach tar éis tarlú.

'Is cinnte gur fuinneog seodóra í,' arsa Lucy, agus í ar cipíní. 'Bíodh geall go bhfuil sé ag dul fáinne gealltanais a cheannach dá leannán. Is dócha gur circín ghruama í agus gur mhaith léi diamant mór a bheith aici, chun í a dhéanamh breá geal – chun go mbeidh sí ina grá geal, an dtuigeann tú?'

'*Right*,' arsa mise, gan a bheith an-dearfa.

Bhí sí ag rámhaillí léi ar dalladh. Cén leannán? Ní raibh Lucy ach tar éis í a chumadh ar ala na huaire.

Ach bhí an tUasal Toomey ar an taobh thall den tsráid uainn go cinnte. Agus é ag breathnú isteach i bhfuinneog siopa. Ach ní siopa seodóra a bhí ann. Siopa geallghlacadóra a bhí ann.

Níl a fhios agam, áfach, cad chuige a mbeadh sé ag féachaint isteach i siopa geallghlacadóra, mar ní bhíonn rud ar bith le feiceáil ansin, seachas do mhacasamhail féin. B'fhéidir go raibh sé ag áireamh seansanna na gcapall a raibh sé ar intinn aige geall a chur orthu. Bíonn ar mhúinteoirí mata féin machnamh ar áireamh mar sin.

Nó b'fhéidir gur ag iarraidh sinne a sheachaint a bhí sé. Rud nár rith liom ag an am.

'Bhuel, is maith sin,' arsa Lucy nuair a thaispeáin mé di nach siopa seodóra a bhí ann. 'Níl fáinne gealltanais á cheannach aige mar sin.'

Lig mé osna. 'Cén fáth go bhfuil sé sin go maith?'

'Bhuel, mura bhfuil sé i mbun fáinne a cheannach, séard is brí leis sin nach bhfuil circín bheag de leannán ar adhastar aige. Agus séard is brí leis SIN ná go bhfuil sé ar fáil i gcónaí. Agus séard is brí leis SIN ná go dtig linn cleamhnas a dhéanamh idir eisean agus Marietta. Agus séard is brí leis SIN, gan ise a bheith ag bacadh leis an seanbhacach.'

Agus phéasc sí amach ag gáire. 'Gan bacadh leis an mbacach – nach greannmhar sin!'

'Ó, tá sé iontach greannmhar,' arsa mise go searbh.

'Nó an raibh tú ag súil leis duit féin?' ar sise.

'Ní raibh!' arsa mise de bhéic.

Ní dhéanaimse tagairt ar bith don Uasal Toomey agus mé ag caint le Lucy. Seachas mata a bheith i gceist agam. Ach ní chloiseann Lucy nuair atá mata á phlé agam. Tá sí mata-bhodhar, sa dóigh chéanna a bhíonn daoine ceol-bhodhar, nó dathdhall.

'Lucy,' arsa mise faoi dheireadh, 'níl tú i ndáiríre, an bhfuil? Feiceann tú fear ag breathnú isteach i bhfuinneog nach fuinneog seodóra í. Agus mar sin, déanann tú amach nach bhfuil cailín aige. Agus ar an bhfianaise bhuile seo, beartaíonn tú go mbeadh sé oiriúnach do dhuine atá ar aithne agat. Tá tú chomh loighciúil sin – cuireann tú iontas orm.'

Lig Lucy gáire lán d'olc. 'Dearbhaím go bhfuil an ceart agam mar sin féin,' ar sí, faoi mar nár chuala sí focal dá ndúirt mé.

Agus ansin, tharla an rud ab iontaí – seo chugainn timpeall an chúinne – cé a bheadh ann ach – Marietta! Dá léifeadh aon duine an méid seo, ní CHREIDFEADH sé é.

Bhí eagla an domhain orm go raibh Lucy chun rith chuici, breith uirthi, agus í a chur i dtreo an Uasail

Toomey, le go gcuirfeadh sí in aithne dá chéile iad – agus b'fhéidir ceiliúr pósta a chur uirthi ar a shon láithreach.

Ach buíochas le Dia ní dhearna sí ach seasamh ansin agus í ag faire, ar mo nós féin.

Chonaic Marietta an tUasal Toomey ag féachaint isteach san fhuinneog, agus – seo é an rud is iontaí – chuaigh sí díreach chuige agus chuir sí lámh ar a lámh siúd.

Lig Lucy sian aisti. B'fhéidir gur lig mé féin sian asam chomh maith. Bhíomar cosúil le beirt luichíní agus alltacht orthu, ag féachaint ar shobalchlár ar Theilifís na Luch.

Dúirt Marietta rud éigin leis an Uasal Toomey.

'Cad a dúirt mé?' arsa Lucy. 'Is léir go bhfuil sí ag réiteach leis cheana. *Ohmygod*, an síceach mé? Cad é do bharúil?'

95

'Lucy, níl sí "ag réiteach" leis,' arsa mise. 'Níl sí ach ag <u>caint</u> leis.'

'Ach chuaigh sí díreach chuige agus rinne sí <u>teagmháil leis</u>.'

Bhuel, b'fhíor sin, ach ní raibh ann ach cniogóigín ar a ghéag. Téann Lucy thar fóir leis na smaointe a bhíonn aici.

'Rinne,' a dúirt mé, 'mar is léir go bhfuil AITHNE aici air. Is dócha gur cara léi é. Féach an dóigh a bhfuil siad ag geabáil le chéile, iad ag gáire agus ag sméideadh ar a chéile. Sin mar a bhíonn CAIRDE ag plé le chéile.'

'Bhuel, tá áthas orm ar aon nós go bhfuil aithne aici ar fhear deas coitianta cosúil leis an Uasal Toomey. B'fhéidir go mbainfeadh seisean a haire ón mbacach úd.'

Níor chuala mé Lucy á rá riamh go raibh an tUasal Toomey go deas. Níor chuala mé í ag tabhairt 'An tUasal' air, fiú.

Céard a tharla ansin, ach gur dhruid Marietta agus an tUasal Toomey amach óna chéile. Chuaigh seisean isteach sa siopa geallghlacadóra agus ar aghaidh le Marietta síos an tsráid agus draid amaideach ar a haghaidh aici. Is dócha go ndúirt sé rud éigin greannmhar léi sular scar siad.

Chuaigh sí isteach i siopa de chuid Dunnes Stores. Nóiméad ina dhiaidh sin, seo chugainn an tUasal Toomey amach as an siopa, agus trasna na sráide leis.

'Haidhe, Mr Toomey,' arsa Lucy agus píopaireacht aisti, agus eisean ag teacht inár dtreo. 'An ag siopadóireacht atá tú?'

'Dia dhaoibh, a chailíní,' arsa an tUasal Toomey go béasach, ach níor thug sé freagra ar cheist Lucy.

Níor stad sé ach an oiread. Sméid sé orainn lena lámh agus ar aghaidh leis agus é ag imeacht roimhe ag máirseáil. Bhuel, chun an fhírinne a rá tá sé beagán íseal chun a bheith ag máirseáil mar sin. Ach ní siúl lachan a bhí faoi ach an oiread. Go deimhin, ní bhíonn sé riamh ag siúl ar nós lachan.

'Féach,' arsa Lucy. 'Ní féidir go bhfeicfí é fiú ag CAINT le cailíní óga. Eagla air go ngabhfadh na gardaí é, is dócha. B'fhuath liom a bheith i m'fhear.'

Níor rith a leithéid liom riamh. Ach ní dóigh liom gur cleas iontach é a bheith i do bhean ach an oiread. Is féidir leat a bheith i d'uachtarán, mar bhean, ar ndóigh, ach ní hionann sin agus taoiseach, an ea? Níl san uachtarán, a deir m'athair, ach Mamaí náisiúnta. Is deas an rud é sin, is dócha, ach mar sin féin, b'fhearr liom a bheith i mo cheannaire ar an rialtas.

'Ar aghaidh linn,' arsa Lucy. 'Leanaimis Marietta. Feicimis cad atá á cheannach aici sa siopa. An hata sin b'fhéidir agus na silíní air. B'fhéidir go mbeimid in ann bac a chur le coir faisin.'

'*No!*' a dúirt mé. 'Nílimid chun dul ag smúrthacht thart ar dhaoine. Cad é is dóigh leat atá ionam? Cineál spiaire?'

'Ó ná bí chomh stuacach sin,' ar sise, agus Marietta á leanúint aici isteach sa siopa.

Ní raibh sé ar intinn agam a bheith stuacach, ach níor mhaith liom Marietta a bheith do mo cheistiú arís mar a rinne sí an lá sin nach bhfaca mé í (i ndáiríre) sa pháirc.

Ó, tá cúrsaí mo shaoil ag éirí millteanach casta. Díol trua mé! Is í Lucy atá ciontach as. Agus ní thig liomsa stop a chur léi. Dá ndéarfainn go raibh sí ag déanamh praiseach de mo chloigeann, ní dhéanfadh sí ach magadh fúm.

PS: Is dóigh liom nach raibh an ceart ag Lucy faoi cén fáth nár stad an tUasal Toomey ar an tsráid chun labhairt linn. Bhí náire air go bhfacamar é ag teacht amach as an siopa geallghlacadóra – sin an fáth. Is dócha go measann seisean go measaimidne gur cearrbhach millteanach é. Rud nach bhfuil fíor ar chor ar bith.

Dé Sathairn 10 Feabhra

Luaigh mé le Marietta inniu go raibh Lucy chun stuif a chur ar an Idirlíon. Stuif faoin Uasal B, ar ndóigh, agus chomh <u>millteanach</u> agus atá sé mar mhúinteoir.

Bhí uafás an domhain uirthi. Dúirt sí gur rud millteanach é sin, a rá go bhfuil duine millteanach. Thaispeáin mé di, agus mé ag gáire, nach millteanach millteanach atá i gceist i ndáiríre ach *millteanach maith!*

Ach mar sin féin, níor ghlac sí leis go raibh an ceart ag Lucy. Ní féidir leat do chuid tuairimí a chur ar an Idirlíon, dar léi. Sa dóigh go mbeadh an domhan agus a mháthair in ann iad a léamh!

Cuir i gcás go raibh rud géar á rá agat. D'fhéadfá duine a ghortú. D'fhéadfá dochar a dhéanamh do cháil duine, agus gan ann ach do bharúil féin faoi. Rud eile de, ní gá duit an méid a deir tú a chruthú. D'fhéadfá bréaga a insint. Clúmhilleadh a bheadh ann, b'fhéidir.

Níor rith a leithéid liom riamh. Clúmhilleadh! B'fhéidir go gcuirfí an dlí ar Lucy! Ach chuimhnigh mé faoi dheireadh – is gan ainm a dhéantar na léirmheasanna ar 'Rate My Teacher'. Ach dúirt Marietta go bhfuil sé níos MEASA iad a bheith gan ainm.

B'fhéidir go bhfuil an ceart aici. Tá mé sásta nach bhfuil ach dea-rudaí á rá ag Lucy, ach mar sin féin, is dócha nach macánta an rud é a bheith ag tabhairt do chuid tuairimí ar dhaoine i ngan fhios dóibh agus gan d'ainm a chur leo. Ach pé scéal é, ní fhéadfadh aon duine stad a chur le Lucy. Déanann sise pé rud is maith léi.

Bhí mé ag smaoineamh – b'fhéidir go raibh an ceart ag Lucy faoin Uasal Toomey agus Marietta tar éis an tsaoil. Cad chuige, ach chomh beag, go mbeadh suim ag Marietta i 'Rate My Teacher'? Is léir go bhfuil eagla uirthi go scríobhfadh Lucy rud éigin faoina leannán féin fosta.

Sin é go díreach faoi deara di bheith chomh trína chéile sin! Nach cliste é sin anois!

Dé Domhnaigh 11 Feabhra

D'fhág Marietta a mála as Dunnes Stores ar an sófa sa seomra suite. Chonaic mé ar maidin é.

Níor theastaigh uaim í a leanúint isteach sa siopa Dé hAoine, ach shíl mé nach mbeadh dochar ann an mála a oscailt anois. Díreach chun féachaint arbh é an hata leis na silíní a bhí ann i ndáiríre!

Bhí gach duine gnóthach. Bhí mo thuismitheoirí i mbun cócaireachta sa chistin. Bhí doras sheomra Marietta dúnta, toisc í bheith ag staidéar léi mar is gnáth ar an Domhnach. An cúrsa Araibise atá á dhéanamh aici, is dócha go bhfuil sé dian go leor, mar bíonn sí i gcónaí i mbun na leabhar le déanaí.

D'oscail mé an mála agus d'fhéach mé isteach ann. Ní hata a bhí ann. Rud iomlán éagsúil a bhí ann. Ba … fobhrístí fir a bhí ann, roinnt mhaith péirí, mar aon le stocaí agus – rud is aite

fós, ach is nós le Marietta rudaí a bhaineann léi
a bheith ait – liach cistine, mar a bheadh agat
chun anraith a chur amach, nó 'leyedle' mar
a déarfadh Marietta.

Baineadh geit asam. Lig mé don
mhála titim ar an urlár. Shuigh mé síos de phreab
agus rug mé ar an mála arís. D'fhan mé i mo shuí ar
feadh cúpla nóiméad, agus an mála ar mo ghlúin
agam. Bhí mé ag iarraidh an scéal go léir a thuiscint.

Ceannaíonn Marietta stocaí fir, ó am go ham, di féin.
Deir sí go bhfuil siad níos faide sa chos, agus is breá
léi a cosa a bheith go deas teolaí. Ach fobhrístí? *I*
mean, fobhrístí! A Dhia! Is *weirdo* í cinnte.

B'FHÉIDIR gur rug sí ar an mála mícheart sa
siopa? Is duine ar mire í go deimhin. Is dócha gur
botún atá ann, ceart go leor. Agus ansin, dúirt mé
liom féin: ná bí amaideach. Ní botún atá ann. Is
FADHB atá ann!

Rinne mé burla den mhála agus chuir mé i bhfolach é
faoi chniotáil mo mháthar, ag bun bosca stórála atá

againn sa seomra suite. Saghas stóil é, agus cóifrín faoi rún ann. Bhí an oiread sin náire orm nach raibh mé in ann é a fhágáil go hoscailte sa seomra. D'fhéadfadh duine ar bith féachaint isteach ann.

Dé Luain 12 Feabhra

Ní raibh mé chun an scéal faoi mhála Dunnes, agus an méid a bhí istigh ann, a insint do Lucy ar chor ar bith.

Ach bhí oíche gan chodladh agam aréir agus mé ag smaoineamh ar an scéal. B'fhéidir gur caitheamh aimsire ait atá i gceist. Ach, ar an lámh eile, b'fhéidir gur galar éigin é! B'fhéidir gur cabhair atá ag teastáil ó Marietta. Duine – is é sin le rá, duine baineann – a cheannaíonn fobhrístí fir, b'fhéidir go bhfuil cóir leighis éigin de dhíth uirthi. Tá sé seo i bhfad níos measa ná a bheith i do ghadaí siopa, dar liomsa.

Sa deireadh, dúirt mé liom féin go n-inseoinn an scéal ar fad do Lucy, agus tar éis an méid sin a bheith geallta agam dom féin, bhí mé in ann dul a chodladh. B'fhéidir go mbeadh eolas éigin ag Lucy faoina leithéid. B'fhéidir go bhfuil sé iomlán coitianta, ar nós *jeans* a chaitheamh, conas a bheadh a fhios agamsa?

Ní raibh Lucy den tuairim in aon chor gur fadhb leighis a bhí ann. Cúis gháire a bhí ann, dar léi.

'Fobhrístí fir!' a dúirt sí, agus í ag pléascadh. 'Beidh orm é seo a fheiceáil dom féin!'

Mar sin, shleamhnaíomar isteach sa seomra suite agus tharraing mé mála Dunnes Stores amach. Thaispeáin mé do Lucy é. Phléasc sí amach ag gáire arís nuair a chonaic sí an méid a bhí sa mhála. Tharraing sí péire amach agus chuir sí in aghaidh a coim é.

'Cad é do bharúil?' ar sise ag gáire. 'Faiseanta, nach bhfuil?'

Bhí náire an domhain orm. 'Stad, a Lucy,' arsa mise. 'Cuir uait é.' Ar eagla go dtiocfadh duine éigin isteach. Níor lig sí uirthi gur chuala sí focal a bhí ráite agam. Lean sí ar aghaidh ag féachaint uirthi féin agus an fobhríste thart uirthi ar nós naprúin. Bhí dath gorm air, agus é breac, cineál *boxer-shorts*.

'Bhí a fhios agam i gcónaí gur duine le Dia í Marietta, beagán,' arsa Lucy, 'ach an chraic seo – is ar mire go hiomlán atá sí go deimhin. Marietta bhocht! Agus é seo go léir toisc í a bheith diúltaithe ag Sasanach éigin thall. Tá sé tar éis í a chur as a meabhair, nach bhfuil? Tá sí éirithe bog sa cheann, Amy, sin é díreach é.'

Níor thaitin an saghas sin cainte liom. Bhí samhlaíocht cháiliúil Lucy ar mire.

'Bhuel,' arsa mise, 'b'fhéidir gur cheannaigh sí do dhuine éigin eile iad.'

'*Oh yeah*,' arsa Lucy. 'Sin é díreach é. Éist, tá a fhios agamsa conas atá an scéal. Tá sí i ngrá le Gloomy, mar is eol dúinn cheana, *right?* Buaileann sí leis ar an tsráid. Cuireann sí ceist air cén toise fobhríste a ghlacann sé. Agus ansin ceannaíonn sí roinnt díobh dá lá breithe!' Bhí sí ag lúbarnaíl agus ag damhsa thart an t-am ar fad.

'A lá breithe?' arsa mise, agus mo ghlór lag. 'Conas is eol duitse cathain atá lá breithe aige?'

'Ó, níl a fhios sin agam ar chor ar bith,' ar sise go meidhreach. 'Níl mé ach ag tabhairt buille faoi thuairim. Ach, a Amy, féach. Is ait é go deimhin a bheith ag ceannach fobhrístí d'fhear dá lá breithe. Ach nuair <u>nach</u> é a lá breithe atá ann – tá sé sin i bhfad níos aite, nach bhfuil? Ó déarfainn go bhfuil an tuairim faoin lá breithe i bhfad níos fearr, nach bhfuil?'

D'fhill sí an fobhríste ansin agus chuir sí ar ais sa mhála é. Ba mhór an faoiseamh an méid sin ar aon nós. Bhí mé i bhfad níos sásta nuair nach raibh siad le feiceáil níos mó.

'Ach,' arsa mise, 'ní cheannófá fobhrístí d'fhear, gan a bheith pósta leis. Ní cheannófá a leithéid dá lá

107

breithe ach oiread. *I mean*, ní fobhrístí greannmhara iad. Níl Homer Simpson orthu, nó, abraimis, *sioráf*, nó a leithéid.'

Leis sin, phléasc Lucy amach ag gáire arís. 'Nó lacha,' ar sise. 'An bhfuil tú cinnte nach bhfuil lacha ar bith orthu? B'fhéidir go ndeachaigh na lachain ar strae orainn. Féachaimis arís orthu!'

D'oscail sí an mála, agus d'fhéach sí isteach arís ann. Chroith sí a ceann, áfach.

'Lacha ar bith,' ar sí go brónach, mar dhea. 'Ait ar fad. Ach, ar an lámh eile – tá an liaichín gleoite anraith seo ann. Anois, nach samhlaíocht é sin! Fobhrístí a chur i dteannta le liach cistine.'

'Ó, stad,' arsa mise. Bhí náire orm a bheith ag smaoineamh ar Marietta agus fobhrístí fir á cheannach aici, ach d'éirigh an náire i bhfad níos measa nuair a shíl mé gur don Uasal Toomey a bhí siad á gceannach aici. Ní raibh uaisleacht ar bith ag baint leis mar smaoineamh. Conas a bheinn in ann féachaint san aghaidh air, agus ceist a chur air faoi chothromóidí tar éis an chomhrá seo faoina chuid … éadaí *intimate*? Bhí mé ag deargadh agus gan mé ach ag smaoineamh faoi.

'Bhuel, tá an ceart agat,' a deir Lucy. 'Níl aon chiall ag baint leis an scéal. Ach is measa an míniú eile – is é sin, fobhrístí fir a bheith á gcaitheamh ag Marietta féin. Arbh fhearr leat é sin?'

Níorbh fhearr cinnte. Ní maith liom a bheith fiú ag smaoineamh ar an rud seo níos faide. Tá sé ródhéistineach ar fad. B'fhearr liom nach mbeinn tar éis féachaint isteach sa mhála úd riamh. Is dócha gur ceacht dom an scéal go léir: mo shrón a choimeád amach as málaí siopadóireachta daoine eile.

Thóg mé an mála Dunnes agus chuir mé i bhfolach arís é sa stól stórála.

'Fan go bhfeicfidh tú,' arsa Lucy, 'is cinnte gur lánúin iad Marietta agus Gloomy.'

'Ó, a Lucy, deich lá ó shin, bhí tú cinnte go raibh sí i ngrá le seanbhacach éigin a chonaic tú léi sa pháirc. Agus meas tú anois an bhfuil sí chóir a bheith pósta le duine dár múinteoirí féin?'

'Hmmm,' arsa Lucy. 'Ní féidir liom é a thuiscint i gceart. Cén fáth ar domhan a mbeadh suim aici i Gloomy?'

Ní dúirt mé go dtaitníonn sé go mór liom. Mar mhúinteoir mata. Sin an méid.

Dé Máirt 13 Feabhra

Bhí rí-rá agus ruaille-buaille ceart ar scoil inniu. Tá siad tar éis fáil amach faoi na léirmheasanna ar 'Rate My Teacher'. Chruinnigh siad muid go léir le chéile sa halla mór ar maidin. Dá gcloisfeá an léacht a thug an leas-phríomhoide dúinn ón ardán!

Daichead nóiméad ar a laghad a mhair sé. Faoi uaisleacht agus meas agus dílseacht agus mórán stuif mar sin. Bhí sí beagnach ag caoineadh. Bhí iontas an domhain orm. Níor thuig mé go dtógfaidís chomh trom é.

Faoi dheireadh, chuir Lucy a lámh in airde, agus chuir sí ceist: 'Gabh mo leithscéal, ach cad é go díreach a bhí scríofa ar an suíomh Idirlín? An raibh siad ag tabhairt amach faoi na múinteoirí?'

Tá a fhios aici go maith cad a bhí scríofa, mar ba í féin a scríobh an chuid is mó de. Tá an-mhisneach aici.

'Ní raibh go díreach,' arsa Bean Uí Bhraonáin go géar, 'ach tá prionsabal ag baint leis an méid atá tarlaithe. Sin é atá i gceist, a Lucy, prionsabal. Shílfinn go mbeifeá aibí do dhóthain chun an méid sin a thuiscint.'

Aibíocht – sin a bhíonn ag teastáil i gcónaí dar le daoine fásta. Is amaideach an aidhm é sin, dar liomsa. Níl ionainn ach páistí, tar éis an tsaoil.

'Tá mé ag iarraidh é a thuiscint, a Bhean Uí Bhraonáin,' arsa Lucy go mánla, 'ach an féidir leat a mhíniú dom, le do thoil, cén prionsabal? An uaisleacht nó meas nó dílseacht atá ag déanamh imní duit?'

Bhris siosarnach gáire amach agus rith sé thart faoin halla ar fad.

'Is leor sin, go raibh maith agat, a Lucy,' arsa Bean Uí Bhraonáin. 'Nílimid anseo chun an fhadhb a phlé. Táimid anseo, a chailíní, chun a rá libh nach bhfuil a leithéid d'iompar inghlactha. An gcloiseann sibh? Níl sé inghlactha. Cad é nach bhfuil sé?'

'Inghlactha,' arsa muidne go léir os íseal.

'Tá brón orm,' arsa Bean Uí Bhraonáin, mar dhea, 'ach ní féidir liom sibh a chloisteáil go róchruinn. Ar mhiste libh an méid sin a athrá, le bhur dtoil? Gach duine sa seomra. Agus bhur gcroí a chur ann. Níl sé …?'

'Inghlactha' arsa muidne arís, rud beag níos airde.

'Sin é é go díreach,' arsa Bean Uí Bhraonáin. 'Níl iompar dá leithéid seo inghlactha. Tá áthas an domhain orm a choisteáil go n-aontaíonn sibh go léir liom. Go raibh maith agaibh. Tá súil agam nach mbeidh orainn an comhrá seo a bheith againn arís. Beidh obair bhaile sa bhreis agaibh ar feadh trí oíche, sa dóigh nach ndéanfaidh sibh dearmad ar an aontú seo atá eadrainn. Má tá gearán ag aon duine, is féidir é a dhíriú ar na daoine a bhí i mbun na "léirmheasanna" seo. Ná ligigí dá leithéid tarlú arís, le bhur dtoil. Lá maith agaibh, a dhaoine uaisle.'

Rith siosarnach eile thart faoin halla. Bhí gach duine ar buile. Bhí Lucy agus roinnt cairde léi tar éis sult a bhaint as an rud seo, ach tá orainn go léir breis obair bhaile a dhéanamh. Níl sé cothrom ar chor ar bith.

D'fhéach mé go searbh uirthi. 'Sásta anois?' arsa mise.

Ach ní dhearna sí ach a folt rua a chaitheamh thar a gualainn, agus d'amharc sí sa treo eile.

Is dócha nach bhfuil sí iomlán mícheart. Ní dúirt sí ach rudaí deasa faoin Uasal B. Tá sé cosúil le litreacha *fan* a scríobh chuig racbhanna, ach iad a bheith á léamh ag an saol mór.

Ach ar an lámh eile, caithfidh an scoil a bheith ina choinne. Is féidir leat rudaí deasa a scríobh inniu, ach amárach, b'fhéidir go scríobhfá rudaí uafásacha.

Níor mhaith liomsa a bheith i mo phríomhoide. Ní ar scoil ar a mbeadh Lucy ag freastal ar aon nós. Agus tá áthas an DOMHAIN orm nár scríobh mé rud ar bith faoin Uasal Toomey. Breis obair bhaile ar feadh trí oíche. Nach breá sin! Go raibh maith agat, a Lucy.

Dé Céadaoin 14 Feabhra

D'éirigh Marietta go moch ar maidin. Rinne sí leite don bhricfeasta. Rinne sí san oigheann micreathonnach é. Ní dhearna Marietta leite riamh. B'ábhar iontais é.

Bhí síoróip mailpe againn air, agus bhí sé an-bhlasta ar fad. B'ábhar iontais an méid sin fosta. Níor ith mé leite riamh cheana.

Tháinig an post agus muid ag ithe na leitean. Is féidir an post a chloisteáil i gcónaí agus é á sheachadadh inár dteachna, mar tá sprionganna an-láidir ar an mbosca litreach. Buaileann sé ar ais in aghaidh an dorais le torann millteanach ard.

Is ábhar iontais é nach ngearrtar na méara d'fhear an phoist. Bheadh sé go huafásach teacht anuas ar maidin agus méar a fheiceáil ar an urlár. Agus fuil ar na litreacha.

Ach is dócha nach mar sin a thitfeadh sé amach i ndáiríre. Dá dtarlódh a léithéid, is dócha go gcnagfadh sé ar an doras, agus d'iarrfadh sé orainn an mhéar a thabhairt ar ais dó. Agus bheadh orainne é a thiomáint chuig an ospidéal. Chun go mbeidís in ann an mhéar a fhuáil ar ais.

Ach is é an rud is ceart duit a scríobh i do dhialann ná an méid a tharlaíonn – ní hea an méid nach dtarlódh choíche. Mar sin, ar ais liom go dtí teacht an phoist ar maidin.

'Ó!' arsa Marietta liom, 'lean ar aghaidh leis an leite. Gheobhaidh mise an post.' As Béarla, ar ndóigh.

Shíl mé ag an am gurbh ait an rud é sin. Ní fhaighimse an post riamh. Ní bhíonn litir ann domsa riamh. Ach amháin ar mo lá breithe. Ach níl lá breithe agam i mí Feabhra.

Tháinig sí ar ais agus dornán litreacha aici. Bhí ceann ann domsa. Ceann mór bándearg agus cuma uirthi go raibh baint aici le Lucy, ní liomsa.

Bhí dath bándearg chomh dorcha ar an gclúdach nach bhféadfá scríobh air le dúch dubh nó gorm. Bhí ar an duine a sheol an litir scríobh le dúch bán. Ní fhaca mé dúch bán riamh cheana.

Bhí Lá Fhéile Vailintín dearmadta glan agam. Mar sin, ní raibh náire ar bith orm nuair a chonaic mé an litir. Ní raibh mé ach fiosrach.

D'oscail mé an clúdach. Rud mór bláfar a bhí istigh ann agus croíthe agus póga air. Thosaigh mo chroí féin ag bualadh ar nós toirní.

D'fhéach mé suas agus bhí gach duine ag miongháire fúm agus ag breathnú orm.

'Cad é?' arsa mise.

'Cé hé? ba chóir duit a rá,' arsa m'athair.

Ní raibh a fhios agam cérbh uaidh an cárta. Ní raibh sé oscailte agam go fóill. Ní raibh mé chun é a oscailt ach an oiread agus an teaghlach ar fad ag stánadh orm. Chuir mé síos in aice le mo phláta é. Agus lean mé ar aghaidh ag ithe. Bhí mé ag iarraidh a bheith ar nós cuma liom, ach i ndáiríre, bhí mé ar cipíní.

'I suppose it's from your father,' arsa Marietta.

Chuir an ráiteas sin cealg ionam. Nuair a bhí mé óg, sheoladh mo dhaid Vailintín chugam gach bliain. Ach tá mé rómhór dá leithéid anois. Níl sé tugtha faoi deara ag Marietta go fóill, is léir, go bhfuil mé mór go leor chun Vailintín a fháil i ndáiríre dom féin.

A Dhia, arsa mise liom féin, tá súil agam go bhfuil an méid sin ar eolas ag Daid. Gheobhaidh mé BÁS ar an toirt más eisean a sheol an cárta.

'Neamhchiontach,' arsa Daid. 'Níor lig Edwina dom. Dúirt sí go bhfuil Amy rómhór anois dá leithéid.'

Sheol mé amharc fíorghrámhar i dtreo mo mháthar. Níor thug mé faoi deara riamh cé chomh cliste agus atá sí. Beidh orm iarracht a dhéanamh bheith níos deise léi.

'Go díreach,' arsa mise, *real cool, like*. 'Is dócha go bhfuil mé in ann Vailintín ceart a fháil dom féin an tráth seo de mo shaol.'

Bhí súil an domhain agam gur ó … Bhuel, is léir cé uaidh … an cárta. Ní raibh mé cinnte in aon chor. D'fhéadfadh gurb í Lucy a rinne é, agus í ag bualadh bob orm. Nó b'fhéidir gur duine éigin é nach raibh ar aithne agam. Nó b'fhéidir duine atá ar m'aithne ach nár mhaith liom Vailintín a fháil uaidh.

Nuair a dhéanann tú machnamh air, tá níos mó daoine ar domhan nár mhaith leat Vailintín a fháil uathu ná daoine AR mhaith leat Vailintín a fháil uathu. Is é sin le rá, go matamaiticiúil, gur mó an seans go bhfaighfeá Vailintín ó dhuine nach maith leat ná ó dhuine a bhfuil dúil agat ann!

Ba ghruama an smaoineamh é sin. B'fhearr liom gan é a bheith agam riamh mar smaoineamh. Ach is minic a smaoiním ar rud i ngan fhios dom féin.

Bhí mé ar bís chun an cárta a oscailt, ach má bhí, ní osclóinn é agus an saol ar fad ag breathnú orm. Lean mé ar aghaidh go stuama leis an leite. Shleamhnaigh sé siar i mo scornach ar nós seilidí.

Go tobann, chuala mé scréach gháire áthasach ó Marietta.

Ar dtús, shíl mé go raibh sí tar éis mo chárta a sciobadh agus é oscailte aici. Leag mé mo lámh síos taobh le mo phláta. Ach bhí an cárta ann i gcónaí.

Níorbh é mo chártasa a bhí á léamh ag Marietta, agus í ag gáire faoi, ach cárta éigin eile. Bhí sise tar éis Vailintín a fháil fosta.

Bhí sí sna trithí gaire. Ar aon nós, bhí sí ag ligean uirthi gurbh ard-ghreannmhar an scéal é. Ach bhí a fhios agamsa go raibh sí lánsásta leis an gcárta mar sin féin.

'An ó d'athairse é fosta?' arsa mise, as Béarla, léi.

Dheargaigh Marietta go bun na gcluas. Ní thuigim cad chuige. Nach ait iad na daoine? Sin é mo bharúil ar aon nós.

Chroith sí a ceann.

'Cé uaidh é, mar sin?' a dúirt mé, ag labhairt Béarla i gcónaí ar ndóigh. 'An n-inseoidh tú?'

'Not on your life,' ar sise. Ach shín sí an cárta chugam mar sin féin.

Chuimhnigh mé ansin nach mbíonn ainm ar bith le Vailintín.

Scrúdaigh mé cárta Marietta. Ní raibh bláthanna ná croíthe air. Ní raibh ann ach cartún amaideach éigin nár thuig mé. Bhí rud éigin scríofa ann, dán éigin, ach ní raibh mé in ann focal de a léamh, mar gheall ar an bpeannaireacht uafásach casta. Dá dtumfá sreang dheilgneach i ndúch, agus dá mbrúfá in aghaidh leathanaigh é – mar sin a gheofá an saghas 'scríbhneoireachta' sin.

121

B'fhéidir gur teanga éigin iasachta a bhí ann, ach ní Araibis – bíonn cuma álainn ar an teanga sin agus í scríofa.

Bhí cuma an-daor ar an gcárta. Níorbh é an saghas cárta é a cheannódh seanbhacach, cur i gcás. B'fhéidir go bhfuil a mian faighte ag Lucy agus gurb é an tUasal Toomey leannán Marietta anois.

Ach amháin go bhfuil Béarla aige. Cad ina thaobh go mbeadh seisean ag scríobh dánta i dteanga éigin anaithnid?

Ar an lámh eile, b'fhéidir gur gnáth-theanga atá i gceist, agus is é an fhadhb ná an pheannaireacht uafásach. Nó b'fhéidir gur cód rúnda éigin é!

Beidh orm iarracht a dhéanamh amharc a fháil ar pheannaireacht an Uasail Toomey.

'Bhuel,' arsa mise, agus mé ag tabhairt an chárta ar ais do Marietta, 'very mysterious.'

Chuir Marietta draid uirthi agus d'fhéach sí ar mo chártasa, a bhí fós taobh le mo phláta.

Bhí mé níos socra faoin am seo, agus bhí mé sásta dul sa seans leis. Cé go raibh siad ar fad ag féachaint orm go fóill. Ar aon nós, ní raibh mé in ann cur suas níos faide leis an bhfiosracht. A Dhia, arsa mise liom féin, má tá tú ann, ná lig don chárta seo a bheith ó Lucy. Le do thoil. Is mise, le meas, Amy Ní Chonchúir.

Chuala Dia mé. D'oscail mé an cárta. Séard a bhí scríofa ann ná, 'Don Bhanchoimeádaí Páirce, ón bPeileadóir.'

Bhí gliondar croí orm. Bhí fonn orm an cárta a phógadh, bhí an oiread sin áthais orm. Bhí m'aghaidh te bruite, agus is dócha gur dath tráta a bhí air. Ach ba chuma liom. Bhí straois mhór sínte ó chluas go cluas orm, cé go ndearna mé iarracht féachaint breá socair.

Shín Marietta a lámh amach, faoi mar a bheadh sí á rá: 'Thaispeáin mé mo cheannsa duitse, taispeáin do cheannsa domsa anois'.

123

Sa mhéid nár chuir sé a ainm leis, níor mhiste liom é a thaispeáint. Thug mé di é, doicheallach go leor.

'Cé hé an Peileadóir?' arsa mo dhaid. Bhí sé ag féachaint thar ghualainn Marietta.

'Tá an méid sin ar eolas agam,' arsa mise. 'Agus tig leatsa é a fháil amach más féidir leat.'

Is ráiteas de chuid Lucy é sin. Bíonn sé iontach bearránach – *annoying* ar fad – nuair a deir sise é. Ach bhí sé oiriúnach ar an ócáid seo.

'Úúúúúúúú!' arsa mo dhaid. Agus lig sé gáire as.

Tá áthas an domhain orm go bhfuair mé an cárta sin ar dhá chúis. Ar an gcéad dul síos, is náireach an rud é Vailintín a fháil, ach is measa i bhfad é GAN Vailintín a fháil. Agus ar an dara dul síos ... Bhuel, ní mór dom é sin a mhíniú, fiú i mo dhialann.

Chuir mé an cárta Vailintín i mo mhála scoile, chun é a thaispeáint do Lucy níos déanaí.

Bhí bosca mór Cadbury's Roses ag an Uasal Toomey sa rang mata dúinn. Dúirt sé nach raibh sé in ann rósanna a cheannach dúinn go léir, agus go raibh na milseáin aige ina n-áit.

Shuigh sé síos ansin ag bord an mhúinteora, agus d'ardaigh sé clúdach ina lámha.

'Aha!' ar sé agus d'oscail sé é.

Dheargaigh sé ansin. Ní minic a éiríonn fir dearg.

'Greannmhar ar fad,' ar sé, agus chuir sé an cárta isteach ina phóca.

Thug Lucy sonc dom lena huillinn. 'An bhfaca tú sin?' ar sise. 'Tá cruthú anois air, gan amhras.'

'Cad é?' arsa mise, ag cogarnach.

'Shínigh mé é leis an ainm "Marietta",' ar sí.

'Ó,' arsa mise, 'cleas suarach é sin, a Lucy.' Ach lig

mé sciotaíl i m'ainneoin féin.

'Agus luaigh mé na fobhrístí,' arsa Lucy.

Chaith mé uaim an sciotaíl. 'LUCY!' arsa mise de bhéic. 'Abair liom nach ndearna tú sin.'

Chuala an tUasal Toomey mé agus d'fhéach sé díreach orm. Is breá liom é de ghnáth, nuair a fhéachann sé orm. Ach ní ar an ócáid seo. Mhothaigh mé go huafásach.

Ní raibh mé in ann a rá gur Lucy a bhí ciontach as an gcárta. Agus anois, creideann sé gur <u>mise</u> a rinne é, is dócha. Is iontach an cara tú, a Lucy!

Déardaoin 15 Feabhra

Deir Lucy go bhfuair sí cúig Vailintín. Ní fhaca mise ach ceann amháin díobh, áfach. Bhí an síniú 'E' air.

Ní féidir liom cuimhneamh ar ainm fireann ag tosú le E, seachas Éamann, ach ní raibh síneadh fada ar an E. Is Edward an leagan Béarla d'Éamann. Níor lig Lucy uirthi go raibh a fhios aici cérbh é.

Níl a fhios agam cén t-ainm baiste atá ar an Uasal B, ach chuirfinn geall nach é Edward é.

Thaispeáin mé mo chárta di, agus níor fhiafraigh sí díom cérbh uaidh é. Bíonn an tuairim agam uaireanta nach bhfuil mórán suime ag Lucy ionam.

Dé Sathairn 17 Feabhra

Tá an pósadh le bheith ann ag an deireadh seachtaine, mar is briseadh meántéarma é. Níl deartháir Lucy ar scoil, ar ndóigh. Deir mo mháthair go bhfuil sé óg ag pósadh, ach tá sé fásta go leor chun post a bheith aige. Rud éigin a bhaineann le ríomhairí.

Múinteoir í an leannán. Tá sí óg chun a bheith ina múinteoir, dar liomsa, ach níl mise go maith ag tomhas cén aois daoine, mura bhfuil siad timpeall a trí déag.

Tá Lucy tar éis a chur ina luí orm go bhfuil an chulaith phósta atá agam go hálainn ar fad. Níl cuma bicíní air ar chor ar bith, dar léi.

'An bhfaca tú riamh bicíní agus <u>muinchillí</u> air?' ar sise.

Is fíor nach bhfaca, is dócha. Tá dath álainn turcaidghorm ar an gcuid in airde, agus é déanta as síoda. Agus tá péire deas treabhsar dubh ag dul leis agus iad iontach *slinky*. Luisniúil go leor, is dócha.

B'fhearr liom nach mbeadh tagairt ar bith déanta ag m'athair do chulaith snámha. Síleann aithreacha nach mór dóibh rudaí amaideacha dá leithéid a rá. Nuair a bheidh mise mór, ní bheidh mé ag labhairt mar sin le mo pháistí. Beidh mé ag caint leo ar nós daoine fásta, ach amháin focail níos éasca a úsáid agus iad óg.

Deich ndóigh ina gcuireann mo thuismitheoirí isteach orm

1. Déanann siad subh oráiste sa bhaile
2. Ní thugann siad freagraí ar mo chuid ceisteanna
3. Labhraíonn siad Fraincis gan chúis i lár abairte
4. Bíonn siad fiosrach faoi mo Vailintín
5. Ceannaíonn siad stuif áiféiseach
6. Deir siad a mhalairt de rud thar mar a bhíonn i gceist acu
7. Bíonn siad ag brú orm smaoineamh faoin chiall atá le meán oíche nuair ab fhearr liom dul a chodladh
8. Deir siad rudaí drochmhúinte faoi mo chuid éadaí
9. Bíonn siad ag argóint faoi Marietta
10. Is dóigh liom go bhfuil rud éigin eile ...

Ar aon nós, seo é an fáth ar thosaigh mé ag scríobh faoin bpósadh. Chuir Marietta ceist ar Lucy cad a cheap sí – ar mhiste lena máthair dá dtabharfadh sí cara léi go dtí an bhainis.

Ú-ó, arsa mise liom féin. Seo chugainn trioblóid!

Bhí an ceart agam. Bhí uafás ar Lucy.

Níor inis mé dada di faoin Vailintín galánta a fuair Marietta, agus is dócha gur chreid sise i gcónaí gurbh é an seanbhacach ar chúl crainn a bhí i gceist ag Marietta. Níl sí ach ag magadh fúm nuair a ligeann sí uirthi go gcreideann sí gurb é an tUasal Toomey leannán Marietta. Ó!

Ní déarfainn go bhfuil muintir Lucy ardnósach. Níl an chuid eile díobh chomh holc le Lucy ar aon nós. Ach is dócha nár mhaith leo bacach a bheith acu mar aoi ar an bpósadh mar sin féin. (Seanduine bocht gan dídean ba cheart dom a rá. Ní dóigh liom gur focal cneasta é 'bacach'.)

B'fhéidir go mbeadh sé cosúil leis an amhrán sin nuair a thagann an spailpín fánach isteach sa bhainis agus as go brách leis féin agus an bhrídeach! Agus i ndeireadh na dála, tarlaíonn sé nach spailpín fánach é ar chor ar bith ach tiarna mór na háite. Ar nós an duine leis an gcomhartha cille i gcruth sú talún agus í ina banphrionsa i ndáiríre.

Go fírinneach, tarlaíonn rudaí iontach ámharach i scéalta agus in amhráin. I bhfad níos fearr ná sa saol réadúil.

Agus dá dtarlódh a leithéid i ndáiríre ag an mbainis, creidim nach mbeadh dúil mhór ag na daoine fásta ann, ba chuma cé chomh rómánsach agus a bheadh sé!

Ach ar ais linn chuig Lucy agus Marietta.

'Umm, bhuel,' arsa Lucy, agus mhínigh sí do Marietta nach mbeadh ann ach bainis iontach beag, gan ach an teaghlach agus roinnt bheag cairde ann. 'It's not like you could, you know, sort of <u>dilute</u> a person in the crowd,' ar sí.

'Oh, I see,' arsa Marietta. 'I'm sorry·I asked, I'm sure.'

Nuair a deir daoine 'I'm sure' i ndiaidh 'I'm sorry' is é an rud contráilte a bhíonn i gceist acu. Nach aisteach sin? Is ait iad na teangacha.

'Ó, a Lucy,' arsa mise, 'ba chóir duit fiafraí de do mháthair mar sin féin.' Agus mhínigh mé do Marietta cad a bhí ráite agam.

Bhí scian i súile Lucy nuair a d'amharc sí orm.

'I don't think so,' ar sise, agus ar aghaidh léi arís ag insint faoi cé chomh beag agus a bhí an bhainis a bhí ar intinn acu agus an bord a bheith socraithe acu cheana féin agus mar sin de. Dúirt sí go mbeadh alltacht ar a máthair dá n-iarrfadh Lucy uirthi spás a dhéanamh do dhuine breise, toisc go mbeadh uirthi an t-iarratas a dhiúltú.

'I wouldn't dream of embarrassing your mother,' arsa Marietta go righin. 'I QUITE understand.'

'Á, a Lucy,' arsa mise. 'Nár dheas an rud é Marietta a bheith in ann cuireadh a thabhairt do chara léi? Beidh cara leatsa ann. Mise. Agus beidh cara liomsa ann. Tusa. Agus beidh a bhean ag do dheartháir. Agus beidh d'athair ag do mháthair. Agus beidh m'athairse ag ...'

'OK, OK, OK!' ar sise. 'Fiafróidh mé di. Feicimis cad a déarfaidh sí. An bhfuil tú sásta? Lig dom anois, le do thoil.'

Sin an chéad uair riamh i stair na hÉireann gur bhain mise an bua amach maidir le Lucy. Bíonn an bua i gcónaí aici siúd, toisc go ngéilleann mise. Ach an t-am seo, ní mar sin a bhí an scéal.

'No, no,' arsa Marietta. 'Don't do that. Not on my account. It was a silly idea. Forget it.'

'It's OK,' arsa Lucy go searbh. 'Déanfaidh mé é, OK.'

Ha! Is féidir léi a cuid Vailintíní ar fad – cúig cinn, ní chreidim é – a chur cibé áit is maith léi. Suas a geansaí, mar shampla. Is geansaí galánta é, caithfidh mé a rá, agus dath saghas dearg dorcha air. D'fhiafraigh mé di cad a tharla – cad chuige nach bándearg a bhí á chaitheamh aici inniu? Dúirt sí gur dath do ghirseacha beaga é bándearg, agus go bhfuil an dath seo i bhfad níos sofaistiúla. Agus pé scéal é, gurb é seo an dath is fearr leis an Uasal B.

Níor chuala mise trácht riamh ar a rogha datha a bheith ag fear. Ach dúirt sí gur léigh sí san iris scoile é. Agallamh éigin a bhí ann.

Geallaimse gur luaigh sé an chéad dath a tháinig isteach ina cheann. Dath an fhíona. B'fhéidir go bhfuil fadhb aige leis an ólachán.

Dé Domhnaigh 18 Feabhra

Chuaigh mé go Centra tráthnóna. Bhí milseog á déanamh ag mo mháthair, agus ní raibh dóthain bainne againn.

Bhí duine ag an gcuntar agus canúint Bhéal Feirste aige.

'I'll hov twaanty Pleeyers,' ar seisean.

Cailín Síneach a bhí i mbun an tsiopa.

'Twenty Players?' ar sise, agus shín sí na toitíní chuige.

An chéad rud eile a dúirt sé ná, 'Kid you tal me where is Rothmeyenes?'

'Oh, sorry,' arsa an Síneach. Thóg sí na Players ar ais agus chuir sí paicéad Rothmans ina n-áit.

Thosaigh mise ag sciotaíl.

'What are you doing?' arsa fear Bhéal Feirste. 'Gimme back me Pleeyers.'

Bhí cuma trína chéile ar an gcailín. Ach thug sí na Players ar ais dó, agus d'fhág sí na Rothmans ar leataobh.

'Nye,' ar seisean go mall. 'Con ye tal me wheere is Rothmeynes?'

Ní raibh a fhios ag an gcailín bocht cad ba chóir di a dhéanamh. Chuir sí lámh ar na Rothmans, ach níor shín sí chuige iad an dara huair.

Bhí orm teacht i gcabhair uirthi. Bhuail mé go héadrom ar ghualainn an fhir. D'iompaigh sé, agus lig sé cnead as nuair a chonaic sé mé.

'Jaysus!' ar seisean. 'It's the yalla peril. They're avrywheer. Yous lot is teakin over the South.'

Bhí fonn orm a rá go bhféadfadh sé filleadh ar Bhéal Feirste agus fáilte. Ach ní dúirt mé os ard é. Dá ndéarfainn a leithéid, bheinn chomh holc leis féin, dar liomsa.

Mar sin, ní dúirt mé ach, 'Rathmines is up that way,' agus dhírigh mé sa treo ceart é. (Cé go raibh fonn orm é a chur ar strae.)

'Ahhh!' arsa cailín an tsiopa, sa dóigh sin a bhíonn ag Sínigh, agus iad ag caint. 'Rath-<u>mines</u>! Not Rothmans.'

Amach as an siopa le fear Bhéal Feirste, agus é ag déanamh comharthaíochta agus ag caint leis féin trína fhiacla. Bhí an bheirt againne ag sciotaíl linn agus muid ag faire air.

'You *Irish*?' arsa an cailín Síneach ansin.

'Yeah,' arsa mise, agus chuir mé mé féin in aithne di.

'I from China,' ar sise.

'Yes,' arsa mise. 'So I see.'

Ba ar éigean a chreid mé go ndúirt mé a leithéid. Is dócha go bhfuil mé níos Éireannaí ná mar a cheapas.

D'fhiafraigh mé di cad ab ainm di. Li Lihua atá uirthi, ach an t-ainm Éireannach atá uirthi ná Lily.

Bíonn ainm Béarla go minic ag muintir na Síne, toisc muidne a bheith chomh bómanta sin leis na teangacha iasachta.

Cheannaigh mé an bainne uaithi agus dúirt mé, 'Thanks, Lily. I mean, xie-xie.'

'Ah, you speak Chinese!'

Chroith mé mo cheann.
Níl ach cúpla focal agam.

Agus ansin dúirt sí an rud ab iontaí: 'Go raibh maith agat,' ar sí. 'Slán leat.'

'Slán agat,' arsa mise, agus mé ag miongháire ar nós amadáin.

Gaeilge ag Síneach!

Dé Máirt 20 Feabhra

Ina dhiaidh sin is uile, chuir Lucy an cheist ar a máthair faoi Marietta agus cara a bheith léi ag an mbainis, agus bhí an scéal go léir socraithe.

Bhíomar tar éis cuireadh a thabhairt do Lucy teacht isteach chugainn i gcomhair pancóg tráthnóna, mar gheall ar Mháirt na hInide. Ní bhíonn pancóga acusan ar Mháirt na hInide riamh, rud ait, mar is lucht eaglaise iad. Ach táimidne níos fearr ag an gcócaireacht, is dócha.

Tháinig sí isteach de phreib agus í ar bís leis an dea-scéala a thabhairt do Marietta. Is dócha gur bheartaigh sí go mbeadh sé greannmhar go leor dá dtiocfadh Marietta agus duine mí-oiriúnach ar fad léi.

Ach d'fhéach Marietta amach os cionn a cuid spéaclaí léitheoireachta. Agus dúirt sí nach mbeadh sí in ann teacht tar éis an tsaoil.

Toisc – fan go gcloisfidh tú (má tá tú ann, agus súil agam nach bhfuil) – toisc í a bheith ag dul go Páras!

'What?' arsa Lucy. 'Really, Marietta, just because I thought it might be difficult to make space for your friend, that's no reason to refuse to come altogether.'

Mhínigh Marietta di, go deas socair, nach mar sin a bhí ar chor ar bith. Bhí sí ag dul go Páras i ndáiríre. Ní raibh ach an t-aon deireadh seachtaine ann a bhí oiriúnach dá cara, toisc meántéarma a bheith ann. Bhí na ticéid ceannaithe acu, fiú.

Bhí iontas orm, ach bhí mé sásta. Is breá le Marietta Páras. Agus is annamh a fhaigheann sí seans dul ann.

Ach – cé leis a bhfuil sí ag dul? Is dócha gurb é an stócach é a sheol an Vailintín chuici.

Bhuel, ba léir go raibh an grá rómánsúil aimsithe aici di féin, gan cabhair ar bith ó Lucy.

'Is deargamadán tú, a Amy,' arsa Lucy níos déanaí, agus muid ag caint faoin scéal ar fad. 'Is léir cé leis a bhfuil sí ag dul go Páras.'

'Cé hé?'

'Gloomy. D'inis mé duit go raibh rud éigin eatarthu, agus seo agat an cruthú anois.'

'Cén cruthú?' arsa mise. 'Measann tú gurb é an tUasal Toomey atá ag dul léi, ach níl cruthú ar bith agat.'

'Bhuel, CHONAICEAMAR iad, nach bhfaca? An lá úd ar an tsráid.'

Fad a bhaineann sé liomsa, ní <u>cruthú</u> díreach ar bith an méid sin.

'Bhuel, má chonaic,' arsa mise, 'chonaic tú in éineacht le seanbhacach í fosta.'

'Ach, Amy, ní féidir leis-sean dul go Páras. Ní bhíonn mórán airgid ag bacaigh. Ní cheannaíonn siad ticéid go Páras.' Ar nós gurbh <u>agamsa</u> a bhí an tuairim faoin mbacach.

Agus lean sí léi: 'Agus rud eile de, bíonn go leor ama acu. Ní bhacann siad le meántéarma! Ó, is múinteoir atá i gceist, cinnte.'

B'fhéidir go bhfuil an ceart aici. Ach an lá úd sa tsráid – bhuel, bhí cuma orthu gur cairde iad, í féin agus an tUasal Toomey, ach sin an méid. Is féidir leat dul go Páras le ghnáthchara leat, is dócha – ach an ndéanfá sin i ndáiríre?

Níl a fhios agam. Ní féidir leat a bheith cinnte faoi rud ar bith a bhaineann le daoine fásta. Cumann siadsan na rialacha, agus go díreach nuair a shíleann tú go dtuigeann tú an scéal, athraíonn siad rud éigin.

Sin an fáth gur fearr liomsa Big Ben ná fíordhaoine. Bíonn a fhios agat i gcónaí cad a bhíonn i gceist aige.

Dé Céadaoin 21 Feabhra

Dá mbeadh an dialann seo á léamh ag aon duine (rud nach bhfuilim ag súil leis, ar ndóigh, murar san aimsir fháistineach é agus mise i mo sheanduine, nó marbh, fiú, nó i mo dhuine stairiúil ar nós Anne Frank – cé nar mhaith liom bás a fháil agus mé óg), shílfeadh sé/sí go mbím i gcónaí ag siopadóireacht. Níl sé sin fíor, ach mar sin féin, tarlaíonn an chéad eachtra eile i siopa.

Bhí feiste gruaige de dhíth orm agus dath turcaidghorm air, inchurtha le m'fhaisean nua don phósadh.

Dála an scéil, tá mé cráite gan focal ceart a bheith ann d'fheiste gruaige mar seo – rud nach bhfuil chomh maisiúil le *scrunchy* ach atá níos maisiúla ná banda rubair.

Níl an focal ann as Béarla ach oiread. D'fhéach mé ar phaicéad uair amháin agus ní raibh scríofa air ach 'Hair Accessories'. Níl brí ar bith ag baint leis sin. Dá n-iarrfá 'hair accessories' i siopa, ní bheadh barúil acu cad a bhí i gceist agat.

Ar aon nós, bhuail mé isteach i siopa Boots, agus bhí mé ag siúl thart ag lorg na feiste seo gan ainm. Agus cad a chuala mé ach guth Marietta ag teacht ón gcéad phasáiste eile.

Ní raibh mé in ann í a fheiceáil, ach d'aithneoinn an guth sin agus mé ar bharr sléibhe. (Cé nach measaim go bhfuil suim faoi leith ag Marietta sa dreapadóireacht. Agamsa ach oiread. Níl mé ach ag samhlú.)

Ba léir go raibh sí ag léamh liosta. Liosta de rudaí a gheofá i siopa poitigéara, ar ndóigh.

'Elastoplast,' a d'fhógair sí. 'Paracetamol. Savlon. Burn-Aid. Cotton wool.'

Agus ina dhiaidh sin, chuala mé guth fir. Guth aosta agus rud beag garbh. Bhí ceist éigin aige uirthi mar gheall ar losainne scornaí.

Dúirt guth Marietta go raibh na losainní aici, dhá shaghas, fiú.

Bhí sí ag réiteach fearas garchabhrach, is dócha. B'fhéidir go raibh siad ag bailiú a gcuid giuirléidí beaga riachtanacha don turas go Páras. B'in é é cinnte!

Ach is oiriúnaí Burn-Aid sa chistin agat ná ar laethanta saoire. Ar an lámh eile, bíonn scothsmáointe ag Marietta i gcónaí, agus gach rud go deas pleanáilte aice. Dá mba rud é go mbeadh timpiste acu, mar shampla, agus an t-eitleán trí thine, bheadh sí in ann Burn-Aid a chur ar a gcuid ball dóite. Is dócha gurb in an plean. Ghlacfaidís cúpla Paracetamol fosta, agus ansin bheidís réidh chun na marthanóirí a ithe agus iad ag feitheamh go dtiocfadh cúnamh. Ó, ní na marthanóirí – na daoine nach maireann atá i gceist agam ar ndóigh.

Sheas mé ar mo bharraicíní. Bhí mé in ann í a fheiceáil ansin, ar an taobh eile den seilf taispeántais. Bhí sí ag stánadh i gciseáinín siopa.

An duine a raibh sí ag caint leis – ba sheanfhear é agus gruaig fhada bhán air, agus í ag éirí buí in áiteanna agus ag crapadh faoina bhóna. Bhí féasóg mhothallach air, agus dath buí ar an bhféasóg in áiteanna chomh maith. Bhí an chuma air go raibh púdar curaí ite aige, agus cuid de tar éis titim isteach san fhéasóg aige.

Bhí iontas an domhain orm.

Bhí Marietta ag caint faoi Bonjela faoin am seo. Rud nach mbeadh inúsáidte i gcás timpiste eitleáin ar chor ar bith. Mura mbeadh leanbh ann agus é ag gearradh fiacla. B'fhéidir go mbeadh sé ag scréachaíl, sa dóigh go mbeadh na daoine ar mire agus iad ag iarraidh fógra éigeandála a chur chuig muintir na tíre ba chóngaraí. Agus seo chucu Marietta leis an Bonjela. Sábháilte!

Díreach ag an bpointe sin, lig mé sraoth. Toisc mé a bheith ar barraicíní agus faoi theannas ag iarraidh feiceáil cad é a bhí ar siúl, bhí mo shrón cigilte ar dhóigh éigin. D'ardaigh Marietta a súile agus d'fhéach sí díreach isteach i mo shúile féin.

'Haidhe!' arsa mise go lagmhisniúil. 'I heard your voice …'

Stad mé ansin. Níor mhaith liom a rá go raibh mé ag smúrthacht. Bhí mé lánchinnte go mbeadh Marietta ar buile, ach ina áit sin bhí sí iontach cairdiúil. D'iarr sí orm teacht anall chun go gcuirfeadh sí an tUasal O'Sullivan in aithne dom.

An tUasal! Seo chugam an seanbhacach – ní á shamhlú a bhí Lucy tar éis an tsaoil – agus anois bhí orm lámh a chroitheadh leis.

Ó, a Dhia! Rud éigin casta, achrannach a bhí romham – bhí mé cinnte de. Cé nach raibh sí róchairdiúil liom le déanaí, ba mhaith liom Lucy a bheith in éineacht liom anois. Ach ní raibh. Bhí orm brath orm féin.

Nuair a chuaigh mé sall, thuig mé nár bhacach a bhí ann ar chor ar bith. Seanduine ab ea é cinnte, agus cuma rud beag neamhchoitianta air, é beagán buí. Bhí cuma air go raibh a dhóthain tobac caite aige lena shaol. Ach mar sin féin, ba ghnáthdhuine é. Ní raibh a chuid éadaí iontach faiseanta, ach bhí siad glan agus ní raibh siad sractha ná rud ar bith mar sin.

'Amy O'Connor,' arsa Marietta, sa ghuth galánta sin aici, ar nós í a bheith ag déanamh fógra ar an BBC – rud éigin faoi dhuine cáiliúil a bheith tar éis bás a fháil, abraimis – 'the daughter of my oldest friend, meet James O'Sullivan ... my father.'

Ba bheag nár thit mé as mo sheasamh díreach ansin i bpasáiste Boots. A hathair!

'Ó!' arsa mise ag sianaíl, agus mé ag stánadh ar an Uasal O'Sullivan an t-am ar fad. 'Your what?'

Ní dhearna Marietta ach miongháire. Lean mé ar aghaidh, ag cabaireacht liom, á rá gur Éireannach é, agus nach raibh Robinson air agus raiméis mar sin.

Is é Robinson sloinne Marietta. Bíonn sí i gcónaí á rá go gcuireann a hainm féin cóisir lá breithe páiste i gcuimhne di. Toisc an t-ainm Marietta a bheith ar chineál brioscaí agus Robinson ar chineál deoch oráiste.

Níl eolas agamsa ar cheachtar acu. Is dócha gur rudaí Sasanacha iad. Nó rudaí a bhaineann leis an am fadó, sular ceapadh *Fun Size bars* agus *Cheese Straws* agus mar sin de a bhíonn ag cóisir páistí sa lá atá inniu ann. Pé scéal é, sin an dóigh a raibh a fhios agam cén tsloinne a bhí ar Marietta.

Mhínigh Marietta gurbh é a hathair ó dhúchas a bhí ann, ní a hathair uchtála. Sin an fáth go raibh sloinne eile air.

'Ó!' a dúirt mé arís.

Bhí iontas an domhain orm, ach bhí rud éigin scanrúil ag baint leis an eachtra fosta. Níor casadh tuismitheoir ó dhúchas riamh orm. Is é sin le rá, tuismitheoir ó dhúchas ag duine uchtaithe. (Is dócha gur tuismitheoirí ó dhúchas an chuid is mó de na tuismitheoirí a chastar ort, nuair a smaoiníonn tú air.) Bhí mo ghlúine ag croitheadh agus i mbaol cnagadh le chéile. Níl a fhios agam cén fáth.

D'fhág mé slán acu beirt go tapa ina dhiaidh sin. Bhí fonn orm rith abhaile go dtí mo sheomra féin. Bhí an oiread sin smaointe agus mothúchán ag dul thart i mo chloigeann nach raibh mé in ann labhairt fiú.

Tar éis tamaill, agus mé i mo luí ar mo leaba, agus mé ag smaoineamh chomh dian agus a rinne mé riamh i mo shaol, tháinig an smaoineamh seo isteach i mo cheann: más é seo seanbhacach Marietta (dar le Lucy), agus más é a hathair atá ann i ndáiríre, cén fáth a raibh siad ag pógadh taobh thiar de chrann an t-am sin sa pháirc? Ó, a Dhia Uilechumhachtach! Tá an scéal seo ró-aisteach ar fad!

Rith sé liom go mb'fhéidir gur duine éigin eile é seanbhacach Marietta.

Ach ba mhór an comhtharlú é sin. Ní féidir go bhfuil <u>beirt</u> sheanfhear beagán neamhchoitianta ar aithne ag Marietta, duine amháin ina hathair agus an duine eile mar leannán aici!

Dá mba úrscéal é seo, ní fhéadfadh sé sin a bheith fíor. Bheadh sé ró-aisteach go deo. Ní chreidfeadh an léitheoir a leithéid. Ach tarlaíonn rudaí iontach mídhealraitheach sa saol dáiríre.

Agus tá mé díreach tar éis cuimhneamh air: níl an fheiste gruaige ceannaithe agam go fóill.

Déardaoin 22 Feabhra

Más duine uchtaithe tú, cosúil liomsa agus le Marietta, bíonn tú beagán brónach faoi, ó am go ham. Fiú má bhíonn tú go sona sásta ionat féin an chuid is mó den am, agus tuismitheoirí breátha agat, mar atá agamsa.

Bíonn trua agam do mo mháthair ó dhúchas, nuair a chuimhním uirthi. Bhuel, is dócha nach dtugann aon duine a leanbh féin uaithi, mura bhfuil cúis uafásach éigin leis. Sin é mo bharúil, pé scéal é.

B'fhéidir go n-airíonn mo mháthair sa tSín uaithi mé. Ní airímse uaim í siúd, áfach, toisc an t-ádh a bheith orm agus mo mháthair féin a bheith agam. Ach is dócha gurb é a mhalairt de scéal é i gcás mo mháthar ó dhúchas.

151

Níor smaoinigh mé riamh ar m'athair ó dhúchas – go dtí gur casadh an tUasal O'Sullivan orm i Boots.

Bhuail mé le Marietta inniu, agus dúirt mé léi nach raibh seans ann anois go bpósfadh sí prionsa. Bhí cuma beagán ceisteach ina súile. Mhínigh mé di go raibh sí tar éis teacht ar a hathair agus nár rí é. Thosaigh sí ag gáire. Bhí sí tar éis cuimhneamh ar an spórt a bhí againn ag magadh faoi bheith inár mbanphrionsaí rúnda. (Bhí a fhios agam an t-am ar fad nach rabhamar ach ag magadh.)

Ach dúirt mé léi go raibh mé cinnte gur fear iontach deas é an tUasal O'Sullivan mar sin féin, fiú gan é a bheith ina rí. Cé nár shíl mé i ndáiríre gur fear iontach deas é ar chor ar bith. Ní raibh barúil agam faoi, an raibh sé deas nó a mhalairt.

Agus ansin dúirt Marietta nár dheas an duine é ar chor ar bith. Ní go díreach deas, ar aon nós. Bhí iontas orm, ach mhínigh Marietta dom, 'Once you have met your birth parents, Amy, you can't unmeet them and go back to being a princess.'

Ní mór duit a bheith sásta leis an méid a fhaigheann tú. Sin an bhrí atá leis sin, is dócha. Níor smaoinigh mé ar a leithéid riamh, ach is dócha go bhfuil an ceart aici. Caithfidh mé machnamh a dhéanamh faoin méid sin.

Dála an scéil, dá mba rud é gur thit sé amach gur banphrionsa í Marietta i ndáiríre, is cinnte go bhfaigheadh sí bás le déistin. Tá sí go hiomlán i gcoinne na monarcachta. Sin an fáth gur fearr léi, dar léi féin, a bheith i mBaile Átha Cliath ná in Poole, an áit arb as í, toisc uachtarán a bheith againne agus ní banríon.

Ach an chúis fhírinneach go bhfuil sí anseo – níl baint ar bith aige le hÉire a bheith ina poblacht. Agus ní **Mí-Ádh Grá** é ach an oiread, d'ainneoin Lucy.

Is léir anois gur tháinig sí anall chun a hathair a aimsiú. Ní raibh an ceart ag Lucy ar chor ar bith. Go hiomlán mícheart a bhí sí. Mar is gnáth.

D'fhiafaigh mé de Marietta an raibh a máthair ó dhúchas aimsithe aici fosta, ach dealraíonn sé go bhfuil sise marbh le fada an lá. Ansin, chuir mé ceist uirthi an bhfuil sí féin agus an tUasal O'Sullivan mór le chéile anois.

Dúirt sí go raibh sé deacair go leor ar dtús, ach go bhfuil siad measartha cairdiúil anois. Tá sí ag cuidiú leis a árasán nua a réiteach. An tseachtain seo caite, cheannaigh siad rudaí don chistin, agus éadaí leapa an tseachtain roimhe sin, agus inné bhí siad ag ceannach earraí leighis agus a leithéid.

Dúirt sí go raibh saol a hathar rud beag trína chéile, go raibh tréimhse caite aige i bpríosún, fiú. Ach anois tá sé ag iarraidh smacht a chur air féin agus saol nua a dhéanamh dó féin.

Príosún! Ní raibh aithne agam riamh ar dhuine a bhí i bpríosún! Is dócha gur lig mé cnead asam. Ach ar ndóigh déantar botúin, cuirtear daoine faoi ghlas nach bhfuil ciontach ar chor ar bith. Bhí mé ag smaoineamh go tapa, agus smaointe iontach aisteach ag dul thart i m'intinn.

'Prison!' arsa mise, in aghaidh mo thola. Thit an focal as mo bhéal, ar dhóigh éigin.

Dúirt Marietta nár mharaigh sé aon duine, ar ndóigh.

Gan duine a mharú! Ba bheag nár thit mé i laige. A Thiarna Dia!

Ach aon uair amháin, a mhínigh Marietta. Ach ba thimpiste é. 'And anyway, the gun shouldn't have been loaded,' ar sise.

Gunna a bheith aige! Duine a bheith maraithe aige! Bhí mo ghlúine ag cliseadh fúm. Shlog mé. Ní raibh mé in ann labhairt. Ba chosúil le scannán uafásach an scéal ar fad.

D'fhéadfá a fháil amach gur daoine uafásacha iad do thuismitheoirí ó dhúchas – tá an seans céanna ann go mbeidís uafásach agus go mbeidís go hiontach. Ach níor shíl mé riamh go mb'fhéidir gur dúnmharfóirí iad! Is measa sin i bhfad ná gan a bheith ríoga!

'The *gun*!' arsa mise de chnead, nuair a tháinig mo ghuth ar ais chugam.

Ach phléasc Marietta amach ag gáire. Chroith sí a ceann siar agus lig sí scairt gháire aisti.

Níor mheas mé féin gur chúis grinn a bhí ann, ach nuair a bhíonn duine ag gáire chomh croíúil sin, ní féidir leat gan miongháire beag a dhéanamh leo, do do lomainneoin.

Nuair a tháinig Marietta chuici féin, ar deireadh thiar thall, mhínigh sí nach raibh sí ach ag magadh. Chaith a hathair tréimhse i bpríosún ceart go leor, ach ní dhearna sé rud ba mheasa ná roinnt bheag airgid a ghoid. Níor mharaigh sé aon duine riamh, agus ní raibh gunna aige ina lámh riamh ach an oiread.

'But you looked so horrified when I mentioned prison, I just couldn't resist piling it on. I'm sorry.'

156

'Marietta,' arsa mise de bhéic, 'you're appalling.'

Ach rinne mé gáire beag faoi mar sin féin. Shíl mé go mb'fhéidir go mbrisfinn amach ag caoineadh, mura mbrisfinn amach ag gáire. Agus b'fhearr dom gan tosú ar an gcaoineadh.

'Sorry,' arsa Marietta arís.

Ní dúirt mé rud ar bith ar feadh tamaill, ach sa deireadh d'fhiafraigh mé de Marietta an bhféadfainn ceist a chur uirthi. Ceist náireach. An tagairt sin do ghiuirléidí cistine a cheannach a chuir isteach i mo cheann é.

D'éirigh sí as an ngáire, agus dúirt go raibh fáilte romham. Agus seans chomh mhaith go bhfaighinn freagra ar an gceist.

Ní dúirt mé rud ar bith ar feadh tamaill bhig eile, ach ansin, thit na focail amach asam: 'It's just – oh, Marietta, tell me, what about the underpants?'

'The WHAT?!' ar sí. 'What are you talking about?'

Ó, a Dhia, arsa mise liom féin. Níor mhaith léi an cheist a fhreagairt. Is dócha go bhfuil sé rónáireach tar éis an tsaoil.

'My dear child,' arsa Marietta, 'have you taken leave of your senses?'

Ní raibh náire uirthi ar chor ar bith. Ach bhí ionadh an domhain uirthi.

D'iarr mé uirthi teacht liom. Rinne mé crúca de mo mhéar agus chuir mé faoina srón é. Lean sí isteach sa seomra suite mé. D'oscail mé an stól agus tharraing mé an mála Dunnes Stores amach as. D'fhéach Marietta ar an mála, agus ansin d'fhéach sí ormsa.

'What has this got to do with me?' ar sí.

D'fhiafraigh mé di ar chuimhnigh sí ar an lá a chas sí ar an Uasal Toomey ar an tsráid. D'fháisc sí a súile, agus í ag smaoineamh. 'Andrew?' ar sí. 'Andrew Toomey?'

Chuimhnigh sí siar, agus d'aontaigh sí gur bhuail sí leis ar an tsráid lá, cinnte. Agus chuaigh sise isteach i Dunnes, arsa mise.

Chroith sí a guaillí. B'fhéidir go ndeachaigh, ach ní fhéadfadh sí cuimhneamh air sin. Téann sí isteach sa siopa sin go minic.

D'fhág mé ann an méid sin, agus lean mé ar aghaidh. Mhínigh mé di gur fhág sí an mála seo ar an sófa níos déanaí. Chroith sí a ceann. Níor fhág, ar sí. Bhí sí chóir a bheith cinnte nár fhág sí mála sa seomra suite, ach céard a bhí ann ar aon nós?

D'oscail mé an mála faoina srón. D'fhéach Marietta isteach ann. Ansin, d'fhéach sí ormsa.

'But,' ar sise 'it is full of men's underwear.'

B'in é é, go díreach, a dúirt mé. Sin an fáth go raibh mé ag cur na ceiste urithi. Cad chuige a raibh sí ag ceannach a leithéid. Nó cér dó? Dá hathair, ab ea?

159

Tháinig amharc gránna ar a haghaidh. Dá hathair? Ní raibh aithne aici air ach ar feadh mí nó dhó. Ní cheannódh duine rudaí mar seo do dhuine nach mbeadh sáraithne aici air.

B'in deireadh leis an míniú deas measúil a bhí agam ar an mála agus an méid a bhí istigh ann! Murar dá hathair a bhí na rudaí seo ceannaithe ag Marietta, cé ...

Ach bhí Marietta ag caint. 'If you ask me,' ar sí, 'they are for <u>your</u> father. He is the man of the house, after all.'

'What?' Lig mé scréach asam. Cad chuige a mbeadh Marietta ag ceannach rudaí mar seo do m'athairse? An raibh sí as a meabhair glan?

'My dear child,' arsa Marietta arís. Níl mé cleachta le daoine á ghlaoch sin orm. Cuireann sé isteach orm.'You have not only got hold of the wrong end of the stick. I think you have got the wrong stick altogether.'

Agus chuir sí in iúl dom – faoi mar nach raibh a fhios agam é – go raibh ceathrar sa teaghlach. Ba léir nár cheannaigh mise na fobhrístí cáiliúla seo, agus níor cheannaigh sise iad ach an oiread.

D'fhág sin beirt: m'athair agus mo mháthair. Ní ábhar iontais a bheadh ann ar chor ar bith dá gceannódh m'athair rudaí mar seo dó féin – ní bheadh rud ar bith chomh nádúrtha leis, dar léi.

Nó b'fhéidir gurb í mo mháthair a rinne é – rud nárbh iontach ach oiread. Bíonn rudaí mar seo de dhíth ar dhaoine ó am go ham a deir sí. Rud nach bhfuil iontach agus rud nach bhfuil náireach.

Shuigh mé síos go tobann. Go deimhin, ba é seo an míniú. Ní raibh rúndiamhair ar bith ag baint leis na fobhrístí – seachas an rún a bhí cumtha agamsa fúthu. Bhí dath geall le bheith dearg orm faoin am seo.

Chuimhnigh mé ar na smaointe a bhí agam faoin Uasal Toomey. Agus an cárta Vailintín a bhí seolta chuige ag Lucy!! Ó, a Dhia!

'And ladles,' arsa Marietta, ag tarraingt an liach cistine as an mála agus ag féachaint go greannmhar air, 'people need those too sometimes.'

Go tobann phléascamar beirt amach ag gáire. Ba é an liach a rinne é. Bhí sé iontach greannmhar rud chomh neamhchiontach agus chomh praiticiúil a bheith i lár an scéil ar fad.

Nuair a tháinig mo chaint chugam, mhínigh mé do Marietta gur mheas mé gur saghas... *transvestite*...ise!

Thosaigh sí ag gáire arís, agus mise mar aon léi. Dhearbhaigh sí nach *transvestite* í, ach dá mba rud é go mbeadh sí ina *transvestite*, nach rud chomh huafásach sin a bheadh ann, pé scéal é, nó arbh ea? Is dócha nárbh ea. Ach bheadh sé rud beag aisteach mar sin féin. Bheadh ort bheith cleachta le rud mar sin, is dócha.

Sa deireadh, mhol Marietta dom na fo-éadaí a chur i seomra mo thuismitheoirí agus an liach a fhágáil sa chistin. Rinne mé sin, agus b'in deireadh an scéil.

Fan go n-inseoidh mé do Lucy é!

Chuimhnigh Marietta níos déanaí ar an rud a bhí á cheannach aici an lá úd i Dunnes. Fallaing sheomra a bhí ann, cineál *wrap*, sról, agus dath an fhíona air.

Thaispeáin sí dom é. Níor rud tipiciúil do Marietta a bhí ann in aon chor. Bhí sí chun é a thabhairt léi go Páras, agus ar mheas mé go mbeadh sé oiriúnach? Dheimhnigh mé go raibh sé go hálainn ar fad agus thar a bheith oiriúnach, agus rinne Marietta miongháire beag.

Dúirt mé ansin go mbeadh meas ag Lucy ar an bhfallaing fosta.

Shíl mé gur bhreá le Marietta an méid sin a chloisteáil, toisc dúil chomh mór a bheith ag Lucy i rudaí a bhaineann le faisean. Ach ní dúirt Marietta ach gur 'young madam' í Lucy. Rud is fíor.

Ní raibh sé de mhisneach agam ceist a chur uirthi cé leis a bhí sí ag dul go Páras. Ní dúirt mé ach go raibh súil agam go mbeadh deireadh seachtaine breá acu.

Bheartaigh mé gan a rá go raibh mé ag smaoineamh faoin eitleán a bheith trí thine. Toisc daoine a bheith rud beag imníoch uaireanta faoin aerthaisteal.

Dé hAoine 23 Feabhra

Bhí an bhainis ann inniu, agus bhí an-lá againn. Níl mórán taithí agam ar bheith ar bhainis, ach dar liomsa b'fhearr an pósadh seo ná aon phósadh riamh. Toisc é a bheith beag agus cosúil le dinnéar a bheadh agat sa bhaile. Agus bhí tú in ann labhairt le daoine.

An t-aon fhadhb ná go raibh cara le Lucy ann. Cara eile, seachas mé féin atá i gceist agam. Stócach. Is dócha go raibh spás ann, toisc Marietta a bheith as láthair.

Duine darb ainm Eoin. Tá sé sa tríú bliain. Ní raibh a fhios agam fiú go raibh aithne aici air. Níor thaitin sé liom. Tá sé dathúil go leor. Is é sin le rá, tá sé iontach dathúil. Ach ina ainneoin sin, bhí rud éigin ag baint leis nár thaitin liom.

'Shíl mé nach raibh cuireadh ag aon duine seachas do mhuintir agus bhur ngarchairde,' arsa mise léi.

'Agus cén fáth go measann tú nach garchara dom Eoin?' arsa Lucy.

'Toisc nach bhfaca mé riamh tú fiú ag caint leis,' arsa mise.

'Bhuel, níl orm insint duit gach uair a bhíonn comhrá agam,' arsa Lucy go searbh. 'Níor chuir mé aithne air ach le déanaí, ach taitníonn sé go mór liom.'

Is cuma cé chomh mór is a thaitníonn sé léi, ní féidir é a bheith ina gharchara di mura bhfuil aithne aici air ach le seachtain nó dhó. Ach is dócha nach mbaineann sin liomsa.

Mar sin féin, más tú an cara is fearr ag duine, ba cheart di a insint duit má tá stócach aici. Sin é mo bharúilse pé scéal é.

Ach ar aon nós, bhí mé ag caint le deirfiúr do bhean dearthár Lucy. Bhíomar inár suí in aice a chéile. Tá sí beagnach ar comhaois liomsa, agus tá sí go deas. Níor mhaith liom a rá go bhfuil sí níos deise ná Lucy, mar ba smaoineamh mídhílis a bheadh ansin. Má bhíonn Lucy mídhílis, ní gá domsa a bheith chomh holc léi.

Sandra is ainm di.

I lár óráide, lig fón Lucy blíp as. Blíp-ada-blíp, arsa an fóinín, blíp-ada-blíp. Níor bhain sé dada as Lucy. Ní dhearna sí ach an fón a thógáil ina lámh, agus dúirt: 'Téacs atá ann,' faoi mar a bheadh suim againn go léir ann.

Thosaigh sí ag dornáil léi agus tar éis nóiméid – an fear a bhí ag caint, bhí sé críochnaithe faoin am seo, buíochas le Dia – d'fhógair sí, 'is ó Marietta é.'

Rinne gach duine miongháire beag deamhúinte, agus iad ag ligean orthu go raibh suim acu sa téacs seo a bhí faighte ag Lucy. Ní raibh suim agamsa ann ar chor ar bith, ach amháin go raibh rud beag iontais orm cén fáth a mbeadh Marietta ag cur téacs chuig Lucy. Is dócha go raibh a fhios aici go mbeadh an fón ar siúl i gcónaí ag Lucy. Sin í an saghas í. Ní bhuaileann sé riamh í go gcuirfeadh an fón aici isteach ar dhaoine eile. Tá Marietta i bhfad níos cliste ná mar a shílfeá.

'Deir sí *hi* libh go léir,' arsa Lucy, ag léamh ó scáileán beag an fhóin. 'Agus comhghairdeachas le Paul agus Louse. Louse! Ó, Louise atá i gceist aici is dócha. Ní raibh *predictive text* rómhaith riamh aici.'

Thosaigh siad go léir ag gáire faoin méid sin.

'Tá brón orthu gan a bheith in éineacht linn,' arsa Lucy, 'ar an lá aoibhinn seo.'

Lig Ciara snag, agus chuir mo mháthair lámh ar a gualainn.

'Agus mar fhocal scoir,' arsa Lucy os ard – is léir gur thug sí faoi deara go raibh baol go mbeadh an spotsholas ar dhuine nach í – *'Lots of armour* … ó, ní hea, *amour* atá i gceist (o-la-la, chomh francach agus atá sí!) … *and kisses from Marietta and* – *SEÁN'!!!'*

Seán! Cé hé Seán, go díreach?

Ní raibh seans agam ceist a chur ar Lucy an raibh tuairim aici faoi Sheán, nó cé hé, toisc ise a bheith ag damhsa an t-am ar fad le mo dhuine, Eoin. Fiafróidh mé di an tseachtain seo chugainn ar scoil.

Bhí dath bándearg á chaitheamh aici arís, dála an scéil. Is léir gur éirigh sí as a bheith sofaistiúil. Nó b'fhéidir go bhfuair sí amach gurb é seo an dath is fearr le hEoin. Ach amháin nár chuala mé riamh faoi bhuachaill agus dúil aige sa bhándearg fiú mar dhath a bheadh oiriúnach do chailíní. Ní hé sin an fáth nach gcaithim féin rudaí bándearga. Ní thaitníonn sé liom mar dhath, sin an méid. Agus pé scéal é, measaim nach n-oireann sé dom ach an oiread. Agus rud eile de, tá an iomarca de thart. Is maith liomsa a bheith éagsúil.

Dé Luain 26 Feabhra

Mo dhuine, Eoin – bhí a fhios agam ó thús nach raibh sé i gceart. Rith sé liom níos déanaí. Ba eisean an gasúr sa chlós scoile a dhéanadh na súile 'Síneacha' liom agus mé i mo chailín beag. An duine a díbríodh as an scoil toisc é a bheith ina bhulaí.

Bhuel, is dócha go bhfaighidh Lucy amach cé chomh míthaitneamhach agus atá sé sula i bhfad. Níl aithne cheart aici air go fóill.

Tá mé chun saoire bheag a thógáil ón dialann seo anois. Tá go leor scríofa agam faoin am seo.

Rud a fhaigheann tú amach agus dialann a bheith agat, áfach, ná go bhfuil go leor ag tarlú i do shaol i ndáiríre.

Má iarrtar ort cur síos a dhéanamh ar lá tipiciúil i do shaol, ní luafá ach na nithe is follasaí, éirí go luath, bricfeasta a ithe, dul ar scoil, obair bhaile a dhéanamh, amharc ar an teilifís, dul a luí, agus mar sin de.

Ach tá go leor stuif ag tarlú, ach é a bheith istigh i do cheann agat. Agus sin an stuif a scríobhann tú isteach i do dhialann.

Níor thuig mé sin i dtosach. Nuair a smaoiním siar ar an mbanda gruaige a cheannaigh mé ar na *sales*, agus mé buartha faoin dóigh nach raibh an méid sin suimiúil go leor, agus an saol neamhshuimiúil ar fad a bhí agam!

An stuif eile, an stuif atá istigh i do cheann agat – sin é do shaol i ndáiríre. Ní raibh a fhios sin agam cheana féin. Na rudaí a smaoiníonn tú orthu, na comhráite beaga greannmhara a bhíonn agat le daoine, na botúin a dhéanann tú, agus an méid a fhaigheann tú amach faoi dhaoine – agus fút féin. Sin iad na nithe a mheánn sa deireadh.

Déardaoin 1 Márta

Tá rud eile ann ar chóir dom trácht a dhéanamh air, sula n-éirím as an dialann seo. Bhí mé ag fiafraí díom féin cérbh é an Seán seo, agus sa deireadh thiar thall, chuir mé ceist ar Marietta faoi, agus í fillte ó Pháras.

Dúirt sí gurb eisean a leannán – duine a casadh uirthi i rang oíche.

Chas sí ar dhuine i rang oíche! Shíl mise go raibh an smaoineamh sin curtha as a ceann aici le fada an lá.

Bhí, a dúirt sí. Ní raibh sí ag súil go gcasfaí aon duine uirthi sa rang seo. Ba é seo an chéad uair ar fhreastail sí ar rang oíche agus gan d'aidhm aici ach an t-ábhar ranga a bheith ar a comhairle féin aici.

Ach dúirt sí go minic nach mbíonn i ranganna mar sin ach *nerds*.

171

'Ní dúirt mé a leithéid riamh,' arsa Marietta. 'Níl an focal sin fiú san fhoclóir agamsa.'

Ach ar aon nós, is léir nach raibh an Seán seo ag freastal ar an rang. Ba eisean an múinteoir.

'An múinteoir!' arsa mise. 'Ach cad é a bhí á mhúineadh aige?'

'An Ghaeilge,' arsa sí. 'Nár thug tú faoi deara go bhfuilimid ag labhairt Gaeilge?'

Níor thug!

Is beag nár thit mé as mo sheasamh. *So*, bhí an ceart ag Lucy faoin méid sin – is múinteoir é leannán Marietta. Ach bhí a fhios agam i gcónaí nárbh é an tUasal Toomey a bhí ann. Ní múinteoir Gaeilge eisean. Agus níl Seán air ach an oiread. Andrew is ainm dó.

Ach ní bheidh Lucy sásta nuair a geobhaidh sí amach cé hé.

'Cén sloinne atá air?' arsa mise.

'Breathnach,' arsa Marietta. 'Tá sáraithne agat air, Amy. Tá an múinteoir Gaeilge céanna againn, tusa agus mé féin!'

Is léir gurb in an dóigh a bhfuil aithne ag Marietta ar an Uasal Toomey. Is cara dá leannán é. Rug mé barróg ar Marietta agus dúirt, 'Tá áthas an domhain orm. Is duine iontach deas é. Níl ach faidhbín bheag againn anois.'

'Cén fhadhb í sin?' arsa Marietta.

'Lucy a bheith i ngrá leis,' arsa mise.

Is dócha nach raibh an ceart agam an méid sin a rá. Ní deir tú rud mar seo agus tú ag caint le duine fásta. Ach ní duine fásta, sa ghnáthchiall, í Marietta. 'Bhí sí i ngrá leis ar aon nós, sular bhuail sí leis an Eoin seo.'

'Lucy!' arsa Marietta. 'Ach níl inti ach páiste!' Ní raibh sí buartha faoi Lucy ar chor ar bith.

D'fhiafraigh mé de Marietta cén fáth go raibh sí ag foghlaim na Gaeilge.

'Nuair a fuair mé amach gurb Éireannaigh iad mo thuismitheoirí ó dhúchas, bhí fonn orm an teanga a fhoghlaim,' ar sí.

'Ach labhraíonn Éireannaigh Béarla,' arsa mise. 'An chuid is mó díobh.'

'Labhraíonn,' arsa Marietta, 'ach ba as Gaeltacht Chonamara mo mháthair. Sin an fáth. Agus is maith liom an teanga. Is aoibhinn liom í. Is maith liom an Ghaeilge mar theanga.'

'Abair é sin arís,' arsa mise.

'Is maith liom ...' arsa Marietta, agus phléasc mise amach ag gáire.

'Ó, Marietta,' arsa mise. 'Chreideamar gurb í an Araibis a bhí á foghlaim agat. Nó Zúlú.'

174

'Cén fáth faoi Dhia a mbeadh a leithéid de theanga á foghlaim agam?' arsa Marietta.

Mhínigh mé go bhfuil mórán daoine sa tír seo agus teangacha suimiúla iasachta acu – sin an fáth. Níor rith sé riamh liom go mbeadh suim ag duine ó Shasana sa Ghaeilge.

'Bhuel, tá,' arsa sí.

Ach cad chuige nár lig sí uirthi go raibh an Ghaeilge aici.

'Bhuel, rinne mé cúpla iarracht,' arsa Marietta, agus í ag miongháire. 'Agus nuair nár thuig sibh mé bhí a fhios agam go raibh orm níos mó cleachtadh a dhéanamh. Sin an fáth a raibh mé ag obair chomh dian sin. Agus anois, ós rud é go bhfuil mé chun Gaeilgeoir a phósadh ...'

'Pósadh! Tá tú chun an tUasal B a phósadh!'

'Ar ndóigh,' arsa Marietta. 'Nach ndúirt mé é sin riamh?'

175

'Cheana,' arsa mise. 'Nach ndúirt tú é sin <u>cheana</u>?'

'Go raibh maith agat,' arsa Marietta, agus scríobh sí nóta i leabhar nótaí a bhí aici.

'Agus ní dúirt,' arsa mise. 'Ní dúirt tú riamh é.'

'Cheana,' arsa sise.

'*No,*' arsa mise. 'Riamh.'

'Ó,' arsa Marietta. 'Tá sé an-deacair!'

'Raiméis,' arsa mise agus mé ag gáire. 'Is féidir le Síneach fiú í a fhoghlaim!'

Bhuel, tá deireadh rómánsach ar an scéal tar éis an tsaoil, cosúil leis na scannáin sin a mbíonn dúil ag Lucy iontu. Seo chugainn na cailíní beaga coimhdeachta, agus bláthanna acu i gciseáiníní gleoite!

Dála an scéil, tá an dath go léir imithe as gruaig Marietta. Fágfaidh sí an dath nádúrtha ar a cuid

176

gruaige don phósadh, deir sí. Is deas an dath atá uirthi, saghas fionn, dath an tuí.

Bhí ceist amháin fágtha agam: cén fáth Marietta a bheith ag pógadh seanbhacaigh taobh thiar de chrann? Ar an gcéad dul síos, is léir gurb é a hathair féin a bhí ann; agus ar an dara dul síos, bhí leannán aici cheana, an tUasal B.

Chun an cheist a réiteach, chuaigh mé ar ais agus léigh mé an sliocht dialainne i gcomhair an lae sin, agus is léir dom anois nach raibh siad 'ag pógadh' – thug sí póg dó, is dócha, ach ní hionann sin is a rá gur 'ag pógadh' a bhí siad. Ba í Lucy ba chúis leis an tuiscint mhícheart a bheith agam ar an scéal, toisc dúil chomh mór a bheith aici sa ghrá.

Lucy bhocht! An stócach atá aici, níl sé go deas. Agus an grá eile a bhí aici, don Uasal B, tá sé gan dóchas anois. Ba chóir dom a bheith iontach cneasta léi. Déanfaidh mé mo dhícheall.

PS: Tá Sandra tar éis cuireadh a thabhairt dom go dtí cóisir an tseachtain seo chugainn. Níl Lucy ag dul ann. Níl cuireadh faighte aici. Ach tá orm buachaill a thabhairt liom! Ó, a Dhia! An mbeadh sé de mhisneach agam ceist a chur ar Ger?

PPS: Bhuail smaoineamh rud beag ar mire mé. Tá a fhios agam nach bhfuil ach seans i milliún ann – seans i zilliún, fiú – go dtitfeadh sé amach gur banphrionsa tú i ndáiríre. Ach, éist! Níl ach seans i milliún trilliún zilliún ann go mbeadh <u>beirt</u> bhanphrionsa i ngan fhios dóibh féin ina gcónaí sa teach céanna. Nach ea? Ach anois – má tharlaíonn sé <u>nach</u> banphrionsa duine acu (Marietta, cuir i gcás), filleann an seans gur banphrionsa an duine eile (mise) ar ais go seans i milliún. Nach bhfilleann?

Níl mé ach ag magadh. Tá a fhios agam i ndáiríre nach banphrionsa mé.

Ach is fíric mhatamaiticiúil iontach suimiúil í mar sin féin. Sin an méid.